幸せを
見つめられるように
なってごらん

Healing Story
涙があふれて止まらない癒しの物語

岡本マサヨシ
心浄術創始者

PUBLABO

幸せを見つめられるようになってごらん　もくじ

プロローグ

　マサヨシには不思議な力がある。

今も、ソファに身を沈めたクライアントと向かい合うようにして座ったマサヨシは、生年月日と名前を手がかりに、相手の情報を深く読み取るリーディングを始めようとしていた。

マサヨシを正面から見つめているのは、しとやかなたたずまいの女性だ。

おだやかな微笑みを口元に浮かべながらも、まなざしは希望にふるえている。彼女のかもしだす清潔感は、その純白のワンピースのせいだけではない。

リーディングを開始したマサヨシの意識の中に、彼女の膨大な情報が降りてくる。流れ込んでくる情報を受け止め、詳細なデータを読み取っていく……。

　マサヨシのリーディングのやり方は、図書館の蔵書を検索して本を閲覧することに似ている。検索の手がかりが相手の名前と生年月日であり、相手の名前が記されている本を開いてそこに記されている情報を事実として読み取っていくと思えばよい。

リーディングでは、現生だけではなく過去生を含めた〝魂の本質〟を通して見ていくため、クライアントの魂の成長度合いが手に取るように分かる。

心に流れ込んでくる情報を読み続けていたマサヨシは、ある瞬間、確信した。


この人は、選ばれし者だ。

自らの使命を生まれる前から決めており、その準備はすでに整っている。


魂のレベルで人を癒し、日本を、世界を変え、そして地球の進化に貢献する。

そんな役割を担わされてこの世に生を受けた人間は、マサヨシのほかにも存在する。その一人と、今こうして対面しているのだ。


マサヨシはリーディングの際に感情をいっさいはさまず、相手の情報を正確に読み取り、必要なメッセージだけ伝えることに徹している。

リーディングを終えたマサヨシは、微笑みながらクライアントを見つめた。

そして、運命の言葉を告げるのだった……。

幸せへの第一歩

　池田知栄子は、鏡に映る自分と流行の雑誌を交互に見ながら悩んでいた。

「う〜ん……、やっぱり髪は長い方が男ウケいいよね〜。エクステンションつけようかなぁ。つけるとしたら、どこの美容室がいいんだろ？」


　突然、カバンに手を突っ込んで、ぐるぐると中をかき回すような動作を五回繰り返すと、「あー、もう！」と面倒くさそうな声を出して、知栄子はカバンをひっくり返した。カーペットに中身がぶちまけられる。

　レシートやら化粧道具やらが散らばった床から、知栄子は携帯電話を見つけた。

「あった♪　あった♪」

　タバコに火をつけて、携帯サイトを開く。

「〈越谷市〉〈美容室〉〈エクステンション〉……で、いいか」

　独り言にしては大きめのボリュームでしゃべりながら、自宅から近い美容室を検索し始める。

「『髪処　桜千道』？　なに、漢字ってださくない？　次、次……」


　……三〇分。……一時間。

どんどん時間は過ぎていくが、なかなかピンとくるお店が見つからない。

「えぇと、〈越谷〉〈おすすめ〉〈美容室〉……『髪処 桜千道』」

「んん……〈埼玉県〉〈エクステンション〉……また髪処なんとかだよ。はい、次」

「じゃぁ、やっぱ〈越谷〉〈エクステンション〉〈得意〉……またぁ？」

何度も検索をしなおすが、いくら検索ワードを変えても『髪処 桜千道』がトップにヒットする。

「なんだかなぁ〜、もういっか。ほかによさそうなとこないし、しょうがない。とりあえず電話してみるか」

店の名前から感じる古臭いイメージに気が進まないまま、知栄子は電話をかけた。

「はい、桜千道です」

電話先の男性の声に知栄子は緊張した。

「あ、あの、エクステンションをつけたいんですが、もしかして今日って大丈夫ですか？」

「本日はエクステンションのお色に限りがございまして、かなり暗めのものしかございません。お客様の地髪のお色は、今……」

「あー、いいです！　いいです！　今日つけたいのでお願いします‼　色もそれで‼」

電話をかけて勢いがついた知栄子は、カラーのカウンセリングをしようとした男性の言葉を最後まで聞かずに押し切った。

「あぁ、はい。ありがとうございます。では、一八時でいかがでしょうか？」

「大丈夫です！　よろしくお願いしまぁーす！　失礼しまぁーす！」

電話を切った知栄子は、三二歳の女性が着るとは思えない、露出の激しい派手な服を引っ張り出し、三時間後の美容室に向けてメイクを始めた。


肩のはだけたTシャツにホットパンツ、ヒールが一五センチ以上ある厚底サンダル。肌が隠れている部分の方が少ない格好だ。

デカ目効果を狙って、パンダみたいに目の回りをグルグルとアイラインで囲っている。


「うん。今日もイケてる」

知栄子は、北越谷駅のトイレの鏡でつけまつ毛がずれていないかをチェックすると、お店へ向かった。東口を出て二〜三分。

「『髪処　桜千道』……ここか」

知栄子は小さなピンク色の看板を確認して扉を開けた。

「いらっしゃいませ」

一人の男性が温かく迎えてくれた。

「あ、すいません。今日、一八時に予約をしていた池田ですけど」

「お待ちしておりました。どうぞ、こちらへ」

案内された席に座って、知栄子は店内を見渡した。

「あの……、お一人でやられているんですか?」

「ええ、そうです。当店は、完全予約制の個室型なので、常にマンツーマンなんですよ」

「へぇ〜、そうなんですか。すごいですね〜」

「初めまして。店長の岡本マサヨシと申します。今日は数ある美容室の中から当店をお選びいただきまして、ありがとうございます」

「あ、どうも……よろしくお願いします」

マサヨシはニッコリと微笑んでカウンセリングを始めた。

「池田さん、やっぱり髪の色が明るいですね。でもきれいに染まっていますから、この色に合ったエクステンションをおつけした方がいいと思うのですが?」

「昨日、ほかのお店でカラーだけ済ませてきたんですよ」

「そうでしたか。ただ先ほどお電話でもお伝えしたのですが、今日ご用意できるエクステンションがこの色しかないんですね」

とマサヨシは、知栄子にエクステンションを見せた。

「ほんとだぁ。だいぶ暗くなっちゃいますね」

「そうなんですよ。もし今日どうしてもご希望でしたら、エクステンションの色に池田さんの髪のお色を合わせないと、バランスがおかしくなってしまいます。いかがなさいますか？」

「あ、いいです。今日つけたいので、そのエクステの色に染めちゃってください」

「今の池田さんの髪のお色、とてもお似合いだと思うんですよ。もし、二日待っていただけるなら、池田さんの髪色にぴったり合ったエクステンションが届きます。

それに、もし、やっぱり色を明るくしたいとなると、カラー代金もエクステンション代金も二倍かかっちゃいますし？」

「うん、大丈夫です。暗くなっちゃっても、かまいません」

「本当に大丈夫ですか？ 染めちゃいますよ」

「はい大丈夫です。お願いします」

「そうですか、かしこまりました。では、カラーの準備をしてきますのでお待ちください」

マサヨシは店内奥へと姿を消した。

店内奥から、シャカシャカとカラー剤を混ぜる音が聞こえる。

知栄子がそわそわして待っていると、奥から信じられない言葉が聞こえてきた。

「池田さん、サービス業をされているんですね。あんまりお酒、飲み過ぎない方が体のためにはいいですよ。……なるほど、四人家族で……妹さんがいらっしゃるんですね」

突然、職業や家族構成を言い当てられて驚いた知栄子は、マサヨシのいる方に身を乗り出した。

シャカシャカシャカシャカ……。マサヨシは、平然とカラー剤を混ぜている。

（……なんだ？　この人？）

「あのー、なんで分かったんですか？　私、何も言ってないですよね……。もしかして占い師？　何も話してないのに、色々と分かっちゃうとか？」

マサヨシは知栄子のうしろに立ち、髪にカラー剤を塗りながら、丁寧に答えた。

「**はい、何でも分かりますが、僕のは占いではなく、リーディングと言います。**リーディングとは、宇宙の情報ソースにアクセスして、お客様の知りたい情報や必要な情報をお伝えするというものです。普段はリーディングメニューのご希望がなければ見ないのですが、池田さんの情報は『見えて』しまいました。まれに、今、情報をお知らせすることが必要なお客様に限り、自動でリーディングしてしまう場合があるんですよ。池田さんも、必要だったんですね」

「…………?」

知栄子がキョトンとして聞いていると、マサヨシは続けた。

「色々と、悩みを抱えてらっしゃるようですね」

たしかに、知栄子は仕事・家族・恋愛・体調……とたくさんの悩みを抱えていた。

（なんだか、この人すごそう……）

思わず、テンションがあがった。

「そうなんですよー。私、こう見えても結構悩みがいっぱいあって。最近は占い師とかめっちゃ探していたところだったから、すっごいビックリ！　すっごい偶然‼」

「なるほど。今日はそれもあって、ここにいらしたんでしょうね。でもね、これは偶然なんかではないですよ」

「偶然じゃないんですか?」

「**つまり、引き寄せ合ったんです。**悩みを相談したい、将来の不安を解消したいと考える池田さんと、そういった人を救いたいと考える僕の思いが現実となって、今、ここにいるんです。偶然ではなく、必然なんですよ」


ピピピッピピピッ。

タイマーから、カラー放置時間の終了を知らせる合図が鳴った。

「さっ、シャンプー台へどうぞ」

カラーを流し、シャンプーをしながらマサヨシは言った。

「先ほども言いましたが、僕は占い師ではないです。ヒーラーです」

「ヒーラー？」

「はい。そうです。僕は美容師なのですが、ヒーラーでもあるのです。毎月多くのクライアントが、この店に心浄術《しんじょうじゅつ》ヒーリングを受けに来られています。そして、みなさん悩みを解決されています」

「心浄術ヒーリング……ですか？」

「はい。そうです。その話はまたゆっくりいたしましょう。髪の方ですが、洗い流せていない場所はないでしょうか？」

シャンプーを終えると再び鏡の席に移動し、今度はエクステンションを取りつけ始めた。

「……さぁ、エクステンションの取りつけが終了しましたよ。いかがですか？」

「わぁ～。このエクステ、サラサラですね。それに装着早くないですか？　まだ二〇分くらいしか経ってないのに、すご～い」

「では、これで終了となりますが、髪型は気に入っていただけましたか？」

「はい。色もなんかいい感じですね。ありがとうございました」

会計を済まし、知栄子は桜千道をあとにした。


家に帰ると、また鏡に映る自分と流行の雑誌を交互に見始めた。

（う～ん……、なぁんか気分よくなって帰って来ちゃったけど、やっぱり、色暗すぎるかなぁ……？）


知栄子はタバコに火をつけると、携帯から電話をかけた。

「あー、もしもし、リナ？　お疲れぇー。さっき美容室に行って来たんだけどさぁー、なぁんかカラー失敗したかなーって思ってぇ。今から写メ送るから見てくんない？」

「うん。いいよ、いいよ。待ってる～。知栄子さぁー、今日出勤だっけぇー？」

「うん。出勤だよ～。あっ思い出した。今日の美容師さぁ～、私なんも言ってないのに、なんか職業バレちゃったみたいで……家族まで当てられちゃって、すごくな～い？」

「え、何それ～、わけわからん。それより写メ送ってよ」


出勤準備をしながら写メを撮って送ると、さっそくリナからメールが返ってきた。

《いいんじゃない？似合ってると思うよ》
《えー、マジで？暗くない？》
《いーじゃん、たまには》
《そっかなー。とりあえず店で見てくれる？》
《了解♪》

店に着いた知栄子は、店のタイムカードを押すとメイク室に向かった。

「おはよう～」

「おはよう～知栄子。いいじゃん、さっきの写メより全然いいよ。似合ってるよ」

リナはそう言った。

「え～そうかな～？なんか色暗くて重くない？」

「うん、うん。全然大丈夫だって。たまには新鮮でいいじゃん」

「ん……。でも、なんか可愛くない気がする……」


知栄子は褒められているのに、どうしても納得がいかなかった。そしてお店から美容室に電話をかけた。


「もしもし。すみません。遅くまでやってるんですね。今日エクステンションをつけていただいた、池田知栄子です」

「あ、どうも本日はありがとうございました。いかがなさいましたか？」

マサヨシの声だ。

「え～、実は友だちとかに見せたんですけど、みんな髪色が前の方がいいって言うんですよ。私は気に入ってるんですけどね」

「はい。そうでしたか」

「やっぱ～、すぐつけ直したいんですけど、明日とか無理ですかねぇ？」

「明後日でしたら、ご用意できます。ただ、もったいなくないですか？　またカラーリング代金とつけ直すエクステンション代金がかかってしまいますが、よろしいんでしょうか？」

「はい、大丈夫です。明後日の何時でしたら空いていますか？」

「そうですね。今の空き状態ですと……、一八時で予約をお取りできますがよろしいでしょうか?」

「はい、よろしくお願いします」

「では、お待ちしております。失礼いたします」

電話を切った知栄子は、一日、憂鬱な気分で仕事を終え帰宅した。


待ちに待った、美容室の予約の日。知栄子は二〇分も早くに桜千道の扉を開けた。


「ごめんなさい。ちょっと早く着いちゃいまして~、大丈夫ですか?」

「あぁ、はい。すぐ用意いたします」

「この前、店長さんがせっかく『二日待った方がいい』って言ってくれたのに、強引にやってもらっちゃったから……。なんか、逆にすみません」

「いいえ、大丈夫ですよ。なんとなく、こうなる気がしていましたので。では、お席へどうぞ」

「……なんとなく、こうなる気がする?」

知栄子は首をかしげた。

マサヨシはニコニコしながら話を続けた。

「僕にはリーディング能力があるって、先日お話したのを覚えていますか?

池田さんの髪色をカウンセリングしている時も、〝本当は明るめのお色が好きな方〟って、情報が僕の中にはあったんですよ。あの時、ちゃんと納得していただけるようにもう少しお話しておけばよかったですね。

……そのかわりといってはなんですが、通常でしたら、エクステンション装着後のカット料金がかかりますが、今回は無料にしておきますね」

「え～いいんですか？」

「はい。もちろんです。それでは、エクステンションのお色も、池田さんの地髪の色も気に入っていただけるように、今回は僕にお任せいただけませんか？　必ずお似合いになりますようにお作りします」

「はい。お願いしま～す♪」

知栄子は嬉しかった。どんな美容室で髪をやってもらっても、「本当にこれでいいのだろうか」と考えてしまって、こんな気持ちになることはなかった。

それが今回は珍しくワクワクしている。

初めて美容室で何か打ち解けられたような気がして、張りつめていた気持ちが一気にリラックスした心地よい気分に変わった。

そして、二時間後、施術は終了した。

「わ〜すご〜い♪ こうしたかったんですよ〜♪ 最初からお任せすればよかったですね！ 本当にすみません。ありがとうございました」

思わずそんな言葉が知栄子の口から漏れた。

「いえいえ。気に入っていただけたようで、僕も安心しました」

「あの店長さん。今お時間ありますか？」

「はい。このあとはご予約が今日は入っていませんので……。何か？」

「実はさっき、カラーリングをしてもらっている時に心浄術のパンフレットを見たんですが、これって本当なんですか？」

知栄子が手にしたパンフレットにはこのように記載されていた。

【素敵なエネルギーワーク　心浄術のご案内】

究極の美。それは心の内面を浄化することにより生まれます。

そして外面の美しさもまた、より輝きを見せるものです。内面をクリアにして純粋に意図を持てば、素敵に輝いたあなたになります。

自分らしく夢を叶えていきたい、そんなポジティブな変化をお望みのあなたをお手伝いします。


エネルギーワークは、目を閉じてエネルギーを受け取るセッションです。

用意するものはただ一つ、「変わりたい」という気持ち。これを一週間に一度くらいのペースで二〇回行います。


ふとした瞬間に、あなたは自分のちょっとした変化に気づき、それを楽しみながら毎日を過ごすようになるでしょう。

そして二〇回を終えた五ヶ月後には、あなたは本来なるべき本質としての自分に気づき、もともと持っていた豊かな心を取り戻すことができます。

「目に見えないエネルギーとか、力とかありえるんですか？　まさかこんなの信じられないって言うか、意味分かんないですよ。これをすると幸せになれるんですか？　なんで？」

質問だらけだった。

「信じられないという気持ちはよく分かります。実際に僕も最初は信じることができませんでしたから。半信半疑で体験したことを今でも覚えています。**『エネルギー』は実際に存在しています。**この電話も電波というエネルギーの波です。そしてこの空気も目には見えていませんが、たしかにここに存在していますよね」

マサヨシは鏡越しに知栄子の目を見ながらさらに伝えた。

「ヒーリングを受け終えたクライアントさんたちは、『私に起きたことすべてが必然だったんですね』と、よくおっしゃいます。

でも、受けられる前には『なぜ自分の過去は苦しくて、つらいことばかりなんだ』と感じられていた方も多いんですよ。

ところが、ヒーリングを受け終えた方々は、微塵《みじん》もそうは感じないんです。逆に、これまでの経験をありがたいとさえおっしゃるのです。

大切なのは、今をいかに生きるかです。そして、それを決めるのも自分なんです」

「私は自分の人生を否定することしかできないです……」

知栄子は少し間を空けて、話を始めた。

「本当は救われたい気持ちでいっぱいなんです。本当に幸せになれるものなら、私だってなってみたいです。

でも正直、信じられなくって。目の前の店長さんは本当に幸せそうで、私もそんなふうになれたらいいなって心から思います。

実は今の仕事もあまり楽しくないし、生きていることにすごく疲れているんです。今も病院に通っていて、こんなにたくさん、薬の袋を持ち歩いているんです。変ですよね……私……」

急に下を向いて落ち込んでいる知栄子に、マサヨシは優しく問いかけた。

その知栄子の姿と、他界した母の記憶がマサヨシのなかで重なり始めていた。

「**大丈夫です。必ず池田さんも『自分は幸せだ』と言える日が来ます。**もう少し、お話をしたいところなのですが、今日は少し時間が遅くなってしまいました。もしよろしければ日を改めてご予約いただけませんか？」

「ごめんなさい。もうこんな時間になってたんですね」


時計の針は二三時四〇分になろうとしていた。


「池田さん、今度いつでしたらご都合よろしいですか？」

「もしよかったら明日は大丈夫ですか？　空いているお時間ありますか？」

「承知いたしました。明日のお話次第では、ヒーリングを体験してみませんか？

実は今の池田さんの状態は病気や仕事が原因ではありません。そのことについて明日詳しくご説明いたします。明日の予約状況は、夕方一六時三〇分から一時間空いていますので、いかがでしょうか？」

マサヨシはそんなことを言った。

「大丈夫です。では明日、もう一度来ますのでよろしくお願いします」

知栄子はマサヨシから受け取ったヒーリングのパンフレットを何度も読み返した。

今まで、誰かに情熱的な言葉をかけられることがなかった。心に語りかけてくるようなマサヨシの今日の話を、ベッドに横たわりながら思い出していた。

初めてのヒーリング体験

翌日、知栄子は時間通りに桜千道を訪れた。

「お待ちしておりました」

マサヨシはそう言うと、さっそく昨日の続きを話し始めた。

「まず池田さんは、今の苦しい状況を自ら好んで作ったわけではない。そう思っていませんか?」

「はい。その通りです。自分が好んで不幸を選ぶ人がいるわけないでしょう?」

「池田さん。もしあなたの人生で起こったすべてのことが、ご自身で選んで決めた結果だとしたらどうしますか?

あなた自身が選んで、今のお母さんとお父さんの間に生まれてきて、こんな人生は嫌だと思ってきたことすら、実は自分が選んだことだとすると……」

　マサヨシは知栄子にそう尋ねた。

「もちろん、そんなはずはないと思いますが、もしそうだとしたら……自分で決めたのだから納得するしかありませんよねぇ～」

「ありがとうございます。それを聞きたかっただけです。ヒーリングのセッションがすべて終わった時、ご自身の中にその答えがあります」

「私の中に？」

「そうです。それともう一つ、池田さんは今幸せですか？」

　知栄子は首を横に振った。

「いいえ、幸せではないからこそ、今ヒーリングを受けようか迷っているんじゃないですか～」

「なるほど、今幸せになりたいと言うことは、幸せは今あなたの心の中に見つけることができないと感じているのですね？」

「はい？　言っている意味が理解できませんが？」

「ごめんなさいね。なぜこんなことを聞いているかと言いますと、私たち人間は元から幸せなのです」

怪訝な顔の知栄子を前に、マサヨシはなおも話を続ける。

「ところが、あるものが人間の心を見えなくさせて、幸せを感じさせないようにしています。その原因となるのが『心のすす』なのです。

実は人間というのは、限りなく守られています。満たされています。そこに気がつくことを、私たちは幸せと呼んでいるのです。その幸せの邪魔をしている『心のすす』を取り除くヒーリングが心浄術です。

心浄術を知っていただくためには、『バーストラウマ』と『インナーチャイルド』について、知っていただく必要があります」

マサヨシはバーストラウマとインナーチャイルドについて説明した図を手にした。


「まずは、バーストラウマの説明をしていきましょう。

バーストラウマとは、お母さんのお腹から産まれる時にできるトラウマです。産道を通って産まれてこようとする赤ちゃんは、その時に〝痛い〟〝怖い〟という感覚を経験するんですね」

「へぇ〜。産まれる時って、赤ちゃんも痛みを感じるんですね」

知栄子はびっくりしたようにそう言った。

「はい、そうです。今まで羊水に包まれてすごく心地よかったのに、産道は細くて暗いので、赤ちゃんにとっては恐怖なんですよ」

「……なるほど」

「そして、誕生してやっとお母さんに抱っこしてもらえると思いきや、お母さんとは全然別の部屋に、新生児室などに連れて行かれてしまいます」

「なんだか、かわいそう」

「そうですね。いきなりお母さんと離れ離れにされてしまうのですからね。赤ちゃんは、誕生と同時に〝悲しい〟〝寂しい〟経験をするわけです。こういった経験は、心の傷となります。……ここまでのお話は分かりますか？」

「はい」

「ありがとうございます。この、心の傷のことをバーストラウマと呼ぶのです。

これが形成される要因は、このようになります」

■バーストラウマの要因

分娩期の経験　潜在意識に持つ否定的信念と成長してからのパターン

安産……安産で生まれすぐに母親と接触し離されなかった子は、楽観的、外交的、人を疑わない性格で、困難にも立ち向かい勝つというパターンを持つ。

潜在的に母親からの絶対的な愛と信頼を持っているので、ゆるぎないあふれる自信、幸せになるのが当たり前と思えるので幸福な人生を送るが、狭い産道を通り抜けることと、へその緒を断ち切られる恐怖は残る。

難産……出産が長く苦しいものだったので「人生は苦しいものだ」という信念を持つ。苦労を買ってでもして、いばらの道を選ぶ。挫折しやすく変化を恐れ嫌う。攻撃的・暴力的傾向。

逆子……前へ進むことの焦り。先が見えない恐れ・不安を持ちやすい。

へその緒のからみ…呼吸器疾患やぜんそく、パニックになりやすい。喉が弱く、自分の気持ちを表現することの恐れを持つ。

無痛分娩……薬物依存、無力感、無気力。計画無痛分娩の場合は、胎児の生まれたい日を無視してさらに無力感が強く、筋肉が弱く、体に力が入りにくい場合がある。

帝王切開……計画出産と緊急切開によって異なる。自分で産道を通ってきていないので「自分で最後までやりとげることが難しい」というパターンを持ち、目的達成まで多くの助けを必要とする。手術で生まれているので光に対する異常な反応を示す。刃物への執着。

早産・未熟児……外出に対する恐怖。不安や恐れが強い。「まだ早い」という気持ちを持つ。

陣痛促進剤……赤ちゃんにとっては全身苦しい痛み。「助けて」という叫び。

鉗子・吸引分娩…成長過程において原因不明の頭痛となる。特に鉗子や吸引ではさまれた部分。

お尻を叩かれ仮死状態……「誰かにお尻を叩かれないと前に進めない」という傾向を持つ。

羊水を飲み呼吸困難……喉のつまり、表現することに恐れを持つ。息ができないことの恐怖。

出産が原因で母親が病気……自分のせいで母親に苦しい思いをさせたとの思いから、迷惑をかけないよう大人しい手のかからない子になったり、母親に対する心配（母に何かあったらどうしよう、出かけてちゃんと帰ってくるか不安）を強く持つ。

出産後の経験　潜在意識に持つ否定的信念と成長してからのパターン

母子分離……たった一日母親から離れただけでも寂しさ、孤独、見捨てられた恐怖、自己否定、「私は愛されない」という信念を持ってしまう。長期に渡れば渡るほどその傷は深く、無力感・無気力も伴い、何かをやろうとしても「どうせ」という気持ちが出てくる。ぬくもりを求め、とくに性的なものに現れる。依存が強くさまざまなものに中毒する傾向にある。皮膚疾患、ぜんそく、呼吸器障害、アレルギー、摂食障害、嫉妬心、競争心、自己否定、無価値観を持ちやすい。

保育器黄疸のための光線治療…「母子分離」同様、泣いても来てくれないあきらめ、寂しさ、自主性の欠如、母性の渇望。社会に出て行けないなどのケースが見られる。

自然な発達の制限……歩行器・ベビーバンズなどで本来の自然な発達・発育を妨げると、ハイハイが遅かったりしなかったり、大人になってから骨格のゆがみとなり、心身ともに体調不良となり現れる。

「……つまり、どのような出産方法でも、バーストラウマは形成されます。もちろん、池田さん、あなたにも。それは理解できましたか？」

「はい……。分かりました」

表を使ってのマサヨシの説明は続いた。

「次に、インナーチャイルドについて説明します」

「インナーチャイルド……？」

「そうです、**インナーチャイルドは、乳幼児期から成人までの期間において、傷ついた出来事や満たされなかった欲求が主な原因となっている心の傷のことです**」

「傷ついた出来事って、たとえばどんな……？」

「そうですね、色々ありますが、たとえば、家庭内暴力を受けたこと、いじめを受けたこと、求める形で親からの愛情を得られなかったこと、兄弟姉妹の存在により、親の愛情が減ったと感じたこと、親などの状況により、家庭が安心していられる場所ではなかったこと、などです」

「へー」

知栄子は驚いた。

「では、インナーチャイルドを形成する要因についてご覧いただきましょう」

■インナーチャイルドの要因

・家庭内暴力を受けたこと
・いじめを受けたこと
・求める形で親からの愛情を得られなかったこと
・兄弟姉妹の存在により、親の愛情が減ったと感じたこと
・親などの状況により、家庭が安心していられる場所ではなかったこと
・自分のペースより、早く成長を求められたこと
・納得いかない形での親との別離
・恒常的に否定されたこと
・「ダメ」という言葉を頻繁に使われたこと
・求める形で親からの愛情を得られなかったこと
・学力＝存在価値と刷り込まれたこと
・存在価値を否定されるような教育を受けたこと

「いかがですか？　インナーチャイルドの要因に当てはまるものがありましたか？」

「はい……。いっぱいあります」

「ということは、池田さんの心の中には、インナーチャイルドによるゴミがたくさん溜まっている状態と考えてもいいわけです」

マサヨシの言葉に、知栄子は思わず顔を引きつらせた。

「え〜〜〜〜⁉　私の心って、ゴミ箱なんですかぁ⁉」

「すみません。では、たとえを変えましょう。パソコンのメールボックスに、未確認の受信メールがたくさん溜まっていることはないですか？　何年分ものメールが溜まっていたら開くのも面倒でしょう。

その中に池田さんを中傷するメールが含まれていたらと想像すると、なおさら放置したくなりますよね。未確認の受信メールがどんどん溜まり、しまいにはメモリ不足となってパソコンが壊れてしまうんです」

「メールのたとえは、心のゴミをそのままにしておくと、そのうちにゴミがあふれ出して、心や体に不調が現れるってことですね？」

「その通りです。心のゴミというのは、インナーチャイルドを形成する過去のつらい体験と、それにともなう感情を指します。

ゴミを放置すれば腐って悪臭を放ち、ますますさわりたくなくなりますよね。ゴミは捨てればいいのにその行動が起こせないのは、汚いものを見たくない、ふれたくないという怖れがあるからです。この現象がトラウマなんです」

「はぁ、そうなんですね……。私の部屋を言い当てられたみたいで耳が痛いです……」

「大丈夫ですよ。心浄術のヒーリングは、心のゴミであるネガティブなエネルギーに良質なエネルギーをあてることで、心を浄化していきます。

そしてトラウマを解消することにより、自分の本質に気づき、魂に沿った生き方が実現できるようになるのです」

知栄子は目を輝かせて言った。

「私、幸せになりたいんです！　でも、どうしたらいいかわからないし、何がいけないのかもわからない……。でも、トラウマを解消すれば、私にとって幸せとは何かがはっきりするんですね？」

「その通りです。変わりたいという気持ちがあれば、心浄術のエネルギーワークで悩みや迷いを消し去り、幸せを手に入れることができます。

潜在意識にあるインナーチャイルドは、人生に想像以上の影響を与えています。池田さんのように怖れや不安の感情が強い方は、物事をポジティブに受け入れるためにも、まずはインナーチャイルドを癒すことが大切でしょう。

そのためには心のゴミと向き合う必要があります。

では、池田さんが抱える未解決の問題を浮き彫りにしてみましょう。今から45項目のアンケートにお答えいただきます。これもバーストラウマ及びインナーチャイルドの影響を知っていただくために行います。

自分に当てはまると思ったらＹＥＳ、当てはまらないと思ったらＮＯと、お答えください。

どちらかに迷ったり、答えが分からないものもＹＥＳとお答えください」

知栄子はアンケートを読み始めた。

23. ストレスやプレッシャーを感じる [YES・NO]

24. 何らかの恐怖症がある [YES・NO]

25. 私は愛されていない、と感じることがある [YES・NO]

26. 一人でいた方が気楽である [YES・NO]

27. 自分には価値がない、と思いがちである [YES・NO]

28. 生きていても意味がない、と感じることがある [YES・NO]

29. 周りの犠牲になりがちである [YES・NO]

30. 自分を優先することができない [YES・NO]

31. 自分の好きなことが何か分からない [YES・NO]

32. 周りからいい人と思われたい [YES・NO]

33. 自分の本音を周りの人に伝えられない [YES・NO]

34. 自分には、何かが欠けていると感じることがある [YES・NO]

35. 自分には豊かさは手に入れられないと感じることがある [YES・NO]

36. 自分のことが好きになれない [YES・NO]

37. 愛する人から愛されないと感じることがある [YES・NO]

38. 人に裏切られたことがある [YES・NO]

39. 自分には才能がないと思ってしまう [YES・NO]

40. いつも自己批判や自己否定をしてしまう [YES・NO]

41. 本音で付き合える友達がいない [YES・NO]

42. 異性といると安心できない [YES・NO]

43. 異性とはうまく付き合えない [YES・NO]

44. 本当に欲しい物を手に入れられない [YES・NO]

45. 自分の人生に喜びが持てない [YES・NO]

アンケート

※YES・NOでお答えください

1. 転職など環境を変えることに不安を感じる [YES・NO]
2. 将来に対する漠然とした不安がある [YES・NO]
3. 思い通りの人生を生きるのは難しいと思う [YES・NO]
4. 人間の精神的な成長には、つらい体験が必要だと思う [YES・NO]
5. 社会的な地位や名声を得たい [YES・NO]
6. 買い物をする時、まず値段を気にする [YES・NO]
7. 老後のために、貯金をしないといけないと思う [YES・NO]
8. 夫・妻または恋人と理解し合えていないと感じる [YES・NO]
9. 恋人との交際期間が一年以上続かない [YES・NO]
10. 恋人が欲しいのに、なかなかできない [YES・NO]
11. 両親・兄弟との人間関係に悩んでいる [YES・NO]
12. 苦手な人が、三人以上いる [YES・NO]
13. 人付き合いが怖いと感じることがある [YES・NO]
14. ほぼ毎日、一回以上は怒りや苛立ちを感じる [YES・NO]
15. 自分は、テンションの高い時と低い時の差が大きいと思う [YES・NO]
16. 自分は、感情に流されやすい人間だと思うことがある [YES・NO]
17. 酒、タバコなど本気でやめたくてもやめられないものがある [YES・NO]
18. 風邪を引いたり、体調が悪くなったりすることがよくある [YES・NO]
19. 緊張してしまい、失敗することがよくある [YES・NO]
20. 一人でいる時に、落ち込むことがよくある [YES・NO]
21. 自分がどんな人間なのかよく分からない [YES・NO]
22. 心の中にもう一人の自分がいる感じがする [YES・NO]

「……質問にお答えいただきまして、ありがとうございます。ところで池田さん、今の質問ですが、ほぼ全部にＹＥＳとお答えいただいていますね。これで間違いないですか？」

「はい、自分でも改めてビックリです」

「ＹＥＳが多いということは、現在池田さんはバーストラウマとインナーチャイルドの影響を多く受けている状態にあることを示しています。ヒーリングを受け終えた方はこの質問にほとんどＮＯとお答えになります。それだけ変化を感じると言うことです」

マサヨシは優しく微笑んで言った。

「私は心浄術ヒーリングで、バーストラウマとインナーチャイルドを取り除くことにより、多くのクライアントを幸せに導いてまいりました。是非一度試されてみませんか？」

知栄子は、背筋を伸ばし、真っ直ぐマサヨシを見つめて答えた。

「なんか先生みたい。学校の先生みたいですね。これから何と呼べばいいんだろ？ 先生でもいいですか？」

「はい。何と呼んでいただいてもよいですよ。そう呼ばれる方が多いですけどね」

「では先生の言葉を信じて一度体験してみようと思います。それが本当ならば、私、幸せを感じてみたいです」

「かしこまりました。お任せください。ではさっそくセッションのご説明をいたしましょう。今回は池田さんの中にあるトラウマを一回分だけ取り除きます。通常は二〇回をワンクールとして一週間に一度くらいのペースで行います。

また、トラウマを取り除くと好転反応が出る場合があります。症状としては風邪の諸症状と、とてもよく似ています。また、感情の浮き沈みが激しくなる場合もあります。そのような症状が出た場合のほとんどは、三日以内に収まります。ただ、どうしてもつらい場合は電話で好転反応を解消するヒーリングを行いますので、お電話ください。このヒーリングはお互い対面で行います。すなわち今の位置のような感じです」

「こんなに距離が離れていて大丈夫なのですか？」

「はい。大丈夫ですよ。ヒーリングに時空間は関係ないので、遠隔でどこにいても受けられます。ではさっそく始めたいと思いますが、よろしいですか？」

「はい。よろしくお願いします」

「それでは目を閉じて……」

……ヒーリングが始まった……。

「終了いたします。お疲れ様でした。違和感や変調などはございませんか？」

「はい。大丈夫です」

「いかがでしたか？　何か感じられましたか？」

「はい。気のせいかもしれないのですが、終わってすぐ目を開けた時に、今日まで見ていた視界と何か違って感じたんです。色が鮮やかになったみたいな不思議な感じでした。それと、ヒーリングを受けている最中、何かに押されているような、引っ張られているような、座っていても体が揺れて変な感覚でした」

「池田さん、感覚が鋭いですね。実はそのような感覚は感じる方と感じない方がおられます。感じても感じなくてもヒーリングの効果は同じです。体が揺れたり、引っ張られたり、押されたような感覚は、トラウマ層が削られたり頭の上に放出される時に体感されるようです。今日から一週間様子を見てください」

「はい。分かりました」

「一週間後に、今日のヒーリング効果と、その先の二〇回についてもご希望されるか、どうするかを兼ねてカウンセリングのお時間を取らせていただけますか？」

「分かりました。一週間後の一五時でお願いします」

「はい。ではお待ちいたしております」

知栄子は桜千道の扉を閉めて、駅に向かって歩き始めた。

来る時には見過ごしていた飲食店の看板や、駅前で大学生たちが笑いながら歩いている風景を見つめ、今までにはない感覚を抱いていた。

（私、今まで何を見ていたんだろう。街を歩いている人たちはこんなに楽しそうな笑顔をしている。自分以外の人のこと、目の前のことを、あるがままに見ることができていなかったのかもしれない。なんか不思議なんだけど、この人たちの笑顔を見ていると何だか気持ちが落ち着くのはなぜだろう？）

駅の改札口を抜けて、知栄子は二駅先にある自分のアパートに向かう。

（あれ、いつもと同じ道だけど、すごく距離を感じる。なぜだろう？）

そんなことを感じながら知栄子は自分のアパートに帰って来た。

この日は家に帰ると、久しぶりにお風呂にお湯を溜めた。

「なんか、気分がいいなぁ。ゆっくりお風呂に入っちゃおう」

何年も前に買って、置きっぱなしにしていた入浴剤に気がつき、知栄子は鼻歌を歌いながらパラパラとラベンダー色の粉を湯船に入れた。

「はぁ～……疲れが取れていく～」

ちゃんとお風呂にお湯を張って入るのは数年ぶり。ただお風呂に入るだけのことだが、なんとなく今日は特別な感じがした。それからすぐに布団を敷き、ゴロンと大の字に寝転がると、深く息を吸った。


（……なんだろう、すごく穏やかな気分だ。今日は寝る前の薬、飲まなくて大丈夫かも……）

薄目を開けてチラッとテーブルに目をやると、睡眠薬の袋が何種類も転がっている。

知栄子は目を閉じると、五分もしないうちにいびきをかき始めた。


ところが、翌日から桜千道に行くまでの一週間、知栄子はなぜか仕事が憂鬱でたまらなくなっていた。

知栄子は週に三回、地元のクラブでホステスをしている。その日は出勤日に当たっていた。

「おはよう～、知栄子」

一緒に働いているリナが声をかけてきた。

「あ……、うん、おはよう」

「どうした？　テンション低いね。そんなんじゃお客さんにウケないよ？　もっとテンションあげて可愛く♪　可愛く♪」

「うん、分かっているんだけどね……」

「何かあったの？　昨日もボーっとしていたでしょ？　大丈夫？」

心配そうにリナが言った。

「なんかね、私もしかしたら、この仕事向いてないのかもなって、思っちゃってさ……」

「は!?　何言っちゃってんの？　知栄子、いっつもお金稼ぐために頑張るんだって、張り切ってんじゃん。だからやりがいあって楽しいって、出勤する度に言ってるじゃん!?　頑張ろーよ！」

「……そうだよね」


確実に、『何かが違う』と感じていた。でも、その『何か』が分からずにモヤモヤしていた。

お客さんとのやり取りも、なんとなく変な感じがする。

「ああ～、なんかすっごい疲れちゃうなあ……。私、どうかしちゃったのかな？」

仕事を終え、モヤモヤしながら家に帰ると、ため息をついた。

（先生に仕事のこと話してみようかな）

マサヨシに会うことを考えると、モヤモヤが解決されそうな気がして少し気分も晴れてきた。

知栄子は寝るために睡眠薬を飲もうとして、手を止めた。

（なんだか、今日もこのまま眠れそう）

出しかけた錠剤を袋に戻して、眠気に任せることにした。

心のすすが本当の自分を見えなくする

「失礼します。今日、一五時にカウンセリングの予約をしている池田です」

「こんにちは、池田さん。お待ちしていましたよ」

マサヨシが笑顔で迎えてくれて知栄子は嬉しかった。

「あの、私、相談したいことがあって……」

「はい。お聞きしましょう。まずは座って落ち着きましょうね。どうぞ」

知栄子はソファに深く座り、深呼吸した。

「実は……、私、もともと今の仕事が好きじゃなくて続けているんですけど、最近前にも増して嫌なんですよ。理由は分からないんですけど。で、向いていないのかなぁって思うんですけど、どう思いますか？」

「なるほど、そう感じましたか。前にも増して嫌になった。これは、大きな変化ですね」

「変化？」

「そうです。ヒーリング一回分のトラウマが取れた変化。心浄術効果です」

「これは、ヒーリングの効果だったんですか？」

「もちろんです。ただ、なぜ嫌と感じるのか、向いていないと感じるのかは、お答えできません」

「ええ〜、どうしてですか？」

知栄子は困ったような顔をした。

「それは、あなたが、これから自分自身で気づいて答えを出すべきことだからです」

「私が？　どうしたら……？」

「はい。それを理解する方法はたった一つ。今やっていることを真剣に行うことです」

「……それは仕事のことですよね？　結構真剣にやってるつもりですが……」

「やっているつもりでは、まったくもって甘いです。嫌だ嫌だとすぐに背中を向けるから、なぜその仕事が嫌なのかが分からなくなるのですよ。今まであなたはずっとそうやって生きてきたはずです。違いますか？」

「……はい」

「**せっかく、幸せを見つけようと歩き出したのですよ。まずは、一生懸命、真剣に仕事に取り組んでみてください。しっかりと自分と向き合うのです。**そうすれば、あなたは自分を見つめられるでしょう。答えはそこにあります」

「ちゃんと真剣にやったら、自分で気づける……」

「そうです。やってみませんか？」

「そうですね……。今まで、本当にやりたいことを頑張ってやったことがないんです。でも……だからこそ、頑張りたい」

「池田さんなら、できますよ」

「……幸せを見つけたいんです」

「大丈夫、見つかります。今回はヒーリング体験一回でしたが、二〇回を受けますと、徐々にトラウマが取れていき、どんどん今までになかった変化を感じていきます。そして、二〇回を受け終わると必ず幸せがあります。どうでしょう、心浄術ヒーリングを受けたいと思いますか？」

「はい。幸せになりたいです。よろしくお願いします」

「かしこまりました。ただ一つ、訂正してよろしいですか？」

「はい？」

知栄子は聞き返した。

「**『幸せになる』ではなく、『幸せを見つめられるようになる』と、認識しておいてください。**まだ、その意味は理解できなくてもかまいません」

「……？　はい」

「それでは、今日からスタートいたします」

こうして、知栄子は心浄術ヒーリングを受けることを決めた。

「これから一回目のヒーリングを始めたいと思います。それでは目を閉じて……」


「終了いたします。お疲れ様でした。違和感や変調などはございませんか？」

マサヨシが知栄子に尋ねる。

「はい。大丈夫です」

「また、今日から一週間の変化をしっかり見つめてきてください」

「あの……、〝見つめる〟って、何を見つめたらいいんでしょうか……？」

「ご自分の心です。『心のすす』のお話は覚えていますか？」

「え……っと、バーストラウマとインナーチャイルドのことを『心のすす』と言うんでしたっけ？」

知栄子の言葉にマサヨシはうなずく。

「今、あなたは『心のすす』を抱えています。身体の周りを黒く覆っています」

「見えてるんですか？」

「はい。僕には見えていますよ」

「……私の周り、黒いんだ……。なんかがっかり……」

「大丈夫。それを、これから取り除いていくんですよ。この『心のすす』が自分の本質を見えなくしてしまっているのです。まるで、曇りガラスのように。本質は常に光り輝いています。でも、曇りガラスが厚すぎてもともと持っている光が見えない状態になっているのです。これから、回を重ねるごとに曇りガラスがどんどん薄くなっていきます。そうすると……どうなるか想像できますか？」

「う～～ん……、光が……見えるようになる？」

「そう、その通りです。ヒーリングを重ねていくことで、あなたはご自分の本質に気がつけるようになるのです。ご自分の心が見えやすくなるのです」

「そっか、黒いのが少し取れたんですね。ちょっと嬉しいです。少しずつ、きれいになってくんですね」

マサヨシは優しく微笑んだ。

「いいですねぇ、池田さん。そうです、まさしく心を浄化してきれいにしていくヒーリングなのですよ」

「先生ってほんとにすごいですね……。私、占い師とか探してたって前に言いましたけど、こんな体験は初めてです。先生のこういう力って生まれつきですか？」

「心浄術ヒーラーとリーディストになるには能力を開発する必要があります。でも幼少の頃からスピリチュアルな能力の兆しはありましたよ」

「すっご～い♪　いつごろからですか～？」

「そうですねぇ～。物心ついた時にはいつの間にかでしたね……」

スピリチュアル能力の目覚め ―マサヨシの過去・力の兆し―

マサヨシは三八〇〇グラムと当時の出産でも難産で誕生した。母である幸子の骨盤が狭かったため、鉗子《かんし》・吸引分娩での出産だった。

それが原因か、成長していくにつれてマサヨシの左目は、右目と比べ大きく視力が低下してきていた。

原因不明の頭痛に悩まされた時もあったが、不思議とマサヨシは自分でその痛みを和らげる方法を知っていた。おでこに自分の手を当てていると痛みは和らいだのだ。


それだけではなく、マサヨシは小さい頃から不思議な体験をいくつもしていた。

小学三年生のある下校途中のことだ。夕焼けがきれいな田んぼ道をマサヨシはいつもの三人組と家路に向かい歩いていた。毎日登下校で通る、よく知っている道だ。

三人でじゃれ合いながら、おもちゃ屋の村松さん家の角を曲がり終えた時、田んぼの向こう側にオレンジ色に輝く物体が出現した。

物体は沈みかけている夕日の近くから、まるでマサヨシたちにメッセージを送っているかのようにいきなり動き出したのだ。

それはグネグネと蛇行飛行を繰り返したかと思うと、三人の頭上で停止した。

仲良し三人組は、一瞬目を凝視させると唾を飲み込むのも忘れ、口をぽかんと開けて見あげていた。その中の一人が「ＵＦＯだ～」と叫んだ。

その声を聴いた、近くの住人たちや野次馬たちで、その場はあっという間にごった返した。

「ほんとだＵＦＯだ～!!」

あちこちから、大人も子供もその光景を興奮しながら眺めていた。

マサヨシはその頃よくテレビ番組で、未確認飛行物体特集を見ていた。

放送された翌日は学校内で、ＵＦＯがいる・いないで友だちと話をしていたものだ。

そんな矢先でもあったので、マサヨシは腕組みをしながら、知っていたかのように呟いた。

「やっぱりな！」

そんな大勢が見ている空に一時のお別れをするように、オレンジ色に発光する物体は瞬間的に消えた。

マサヨシは心の中で〝また会いに来てねっ〟と呟いた。

中学の部活動では剣道部に入部した。部活を終えると空手道場に通う日々。生傷が絶えなかった。しかし、どんな傷もマサヨシが自分の手を傷のある場所に置くと、なぜか痛みが消えてなくなってしまう。治ってしまうのだ。

幼少の頃からずっと、疑うこともなくそうやって治してきたマサヨシには、ちっともおかしなことではなかった。

部活仲間や大人たちにしても、身体に痛い箇所があれば「いたたたたた～」と患部を押さえる。自分のやっていることは、それと同じことだ。そう思っていたので、マサヨシは自分に特別な能力があるなんて、考えもしなかったのだ。友だちに言われるまでは……。

ある日のことだ。

「ああ〜、肩こったぁ」と、ぼやきながら肩を押さえている友だちに、マサヨシは「そうそう、そうすると痛いのなくなるよなぁ」と声をかけた。

「バカか、お前。こんなんで治る訳ねーだろ」

（みんな治してんじゃないんだぁ？）

自分が当たり前だと思っていたことを友だちに一蹴されて、マサヨシは非常に驚いた。そして、その出来事をきっかけに、マサヨシは自分がほかの人と違う能力を持っていることに気づき始めたのだ。


この頃からマサヨシの中には、しばしば新たな能力が現れ始めていた。

ある日の社会科の授業で、マサヨシは、いつものように教科書を机に置き先生を待っていた。ところが、一〇分たっても一向に社会科担当の山科先生が教室に来ない。待ちくたびれたクラスメイトたちが机を離れ、おしゃべりや遊び始めていた時、クラス担任の武藤先生が教室のドアを開けた。

席を離れていたクラスメイトたちは、席に戻りながら「なんだ武藤先生かよ〜!?」と、小声で言い合っていた。無理もない。社会科の山科先生は冗談がうまく、クラスでも人気の先生で、マサヨシもとても好きな先生の一人だった。

「はーい。今日、山科先生は風邪のため欠席だー。みんな今日は実習しなさい」

武藤先生の声が教室に響いた。


その瞬間マサヨシは、ぽつりと口を滑らせた。

「山科先生死んじゃうんだ」


どうしてそんな言葉が出たのか、この時のマサヨシには分からなかった。ただ、なんとなくそう感じたのだ。

「ばーか。風邪じゃ死ぬわけねーだろ」

隣に座っていた山田君にそう言われたものの、その感覚は消えることはなかった。


翌朝いつものように学校の教室に入るやいなや、クラスメイトたちがざわついている様子が目に飛び込んできた。マサヨシの姿を見つけた山田君が、慌てふためいた様子ですぐさま駆け寄ってきた。

「マサヨシ！　昨日のこと当たったでー。山科先生、今朝方亡くなったそうやで」

〝なんとなくそう感じた〟ものは、これだったのだ。

自分が何気なく呟いた言葉が本当になってしまい、なぜか自分にも先生の死に対して責任があるかのような重圧を感じた。

チャイムと同時に緊急全校集会が体育館で開かれた。校長がマイクを握り、一礼する。

「今朝、社会科担当の山科先生が、搬送先の病院で息を引き取られました。髄膜に風邪の菌が回ってしまい、急性髄膜炎で亡くなったそうです。みなさんもいきなりのことで驚かれたと思いますが、今から一分間の黙とうを捧げたいと思います。――黙とう」

数日後、学校のグラウンドには、喪服を着た先生たちと全校生徒が集まっていた。彼らに見送られながら、霊柩車がかん高くクラクションを鳴らして学校の門をあとにしていく。その光景は、中学生だったマサヨシの心を揺さぶり続けた。


「周りと自分が少し違うことに最初気づいた時は、少し抵抗もありましたけどね……」

マサヨシは、そう言って話を終えた。

「ありがとうございます。周りにこういう人いないので、なんかすっごく新鮮です」

「そうですか、僕にとっては普通のことなんですけどね。では、また来週お待ちしております」

翌日から、知栄子はとにかく一生懸命働くことを心がけた。一週間、とにかく自分が頑張れることを必死にやってみた。すると、今までモヤモヤしていたものが具体的な形になって感じられるように、心が変化してきた。

私、本音って誰にも言えてないいんじゃないかな。いつも、その場の雰囲気を壊さないようにテンションあげてるけど、かなり無理してるよね。本当は笑いたくないのに相手に合わせて笑ったり、相手が面白くなさそうな顔していると必死に盛りあげたり、気を遣いすぎてるんじゃないかな？

人に嫌われないように一生懸命『いい子』を演じているのかもしれない。そもそもこの仕事自体、楽しいって感じないいんだよね。

……なんで、この仕事やってるんだろう……？

手放すことができれば執着から解放される

「こんにちは、池田さん。この一週間はいかがでしたか?」

マサヨシは、いつものようにそう言った。

「はい……。仕事を真剣にやってみました」

知栄子は言った。

「それで?」

「私、すごく無理をしているなって思いました。無理やりテンションあげたり、人に合わせたりしたあとに、とにかく疲れるんです」

マサヨシが軽くうなずく。

「で……、やっぱり楽しくないって感じてしまって。困っています」

「なぜ困るのですか?」

「だって、仕事を辞めるわけにはいかないし……。でも、正直好きな仕事じゃないから」

「なるほど。分かりました。では、お尋ねします。池田さんは、どうして今のお仕事を選んだのですか?」

「え……。それは、食べていくため……? っていうか、生きていくため……? っていうか、もちろんお金を稼ぐためですよ」

「そうですね、食べていく、生きていくにはお金は必要ですね。とても大事なものです。けれど、そのためであればほかにいくらでも、職はあるのではないでしょうか？　僕が聞きたいのは、その中でなぜ今のお仕事を選んだのかです」

「うーーーん。今の仕事を選んだ理由は……。お給料がいいからです。あと……」

知栄子は少し言いよどんだ。

「私、八年以上うつ病で、朝から晩までのお仕事って続かないんです。だから、週に三回くらいで適度に稼げて、好きな物が買えて、不自由しないで暮らしていける場所を探していたら今の仕事を友だちから誘われまして、ただ何となく始めたのがきっかけです」

「そうですか。ただ何となくね～。ちなみに今うつ病の薬は飲んでいるのですか？」

「もちろん、飲んでます。飲まないと生活できないので……」

「分かりました。ところで、池田さんはお試しを入れて、二回ヒーリングを行いましたよね。明らかに何か変化を感じ始めているのが分かりますよね？」

「はい。先ほどもお話ししましたが、仕事が楽しくないです。ヒーリングを受けてからそれが増した気がします」

「なるほど。ヒーリングのエネルギーがあなたの内面を見つめやすくさせたのでしょう。自分は今、楽しい仕事をしていると感じている方なら、ヒーリング後は今まで以上に楽しさが増します。しかし、その逆もあります」

「先生、私、何か不安です。自分が今の仕事が嫌いなのは重々分かってはいますけど、今の私の年齢じゃ再就職先なんて簡単に見つかるわけないです」

マサヨシは言った。

「池田さん、今の発言そのものがトラウマの原因なのです。**自分が望んでいないものを手放すことができれば、自分が執着しているものから解放されます。**そこから解放された時点で、自分が今やりたいことが何か？　自分にとって幸せ感、やり甲斐を感じられる仕事は何なのかが見えてくるのです」

「では二回目のヒーリングを始めたいと思います。それでは目を閉じて……」

家路を急ぐ足取りは不思議と軽やかだった。うつ病を発症して以来、昼間の仕事をすることは知栄子の思考から完全に消えていた。しかし、マサヨシの話を聞くうちに心のどこかで何かが動き始めていた。

（手放すか～。でも次の仕事が決まってもいないのに、今の仕事を手放すなんて絶対できないよ。だってそれこそ不安だと思う。できっこないよ～）

その日から知栄子は仕事に行く足取りが重くなるのを感じ始めた。そして一週間が過ぎ、マサヨシと会う日がやってきた。

ワクワク？　それともモワッ!?　素直に心に聞いてみよう

「先生おはようございます。よろしくお願いします」

知栄子は挨拶をした。

「おはようございます。どうですか。ヒーリング後の状態は何か感じられましたか？」

「やはり、あれから仕事のことを考えてはみたのですが、仕事が決まらないのに手放すのは不安があります」

「なるほど。トラウマを持っている多くの方はそうおっしゃいます。以前、真剣に仕事を行うことをテーマにして実践されました。それで、ご自身がやはり今の仕事に向いていないことに気づかれましたよね」

「はい、たしかにそうです」

「しかし、再就職なんて難しい。だから今の仕事を手放せていない、という状態で、次のことを真剣に探す、もしくは真剣に見つけることができるのでしょうか？」

「でも～、世の中には二つも三つも仕事をかけ持って、成功している人がいるじゃないですか？その人たちは仕事をしながら次の仕事を見つけたのですよね？」

「一つの仕事に真剣に取り組んで成功して、そこで生まれてきた自分の余力をもって次に取り組んでいるわけです。彼らは今の仕事が楽しくないから、次の仕事を探そうとしたのではありません。そういう意味では話の次元が違います。


もちろん先にやりたい仕事を見つけることができてから、仕事をチェンジするのが悪いとお話しているわけではありません。『今仕事を辞めたら次が見つからない』と思考することが、それを現実に変えてしまう。リアルに引き寄せるとお話しているのです」

「う～～～ん、言ってることは分かるんですけど～～～～。それって考えたことはなんでも本当になっちゃうということですか？」

「その通りです。**ポジティブな思考も、ネガティブな思考も、想像したことはリアルに実現するように私たちの魂は設定されているのです**」

「え～信じらんな～い」

「私たち人間は誰しも、産まれてくる前にこの世界で自分がやらなければならない仕事を必ず最初に決めてから産まれてきます。正確にはいくつかのやるべき仕事を決めて産まれてくるのです。こういった話をすると専業主婦はどうなんですか？と質問される方がいます。もちろん専業主婦も立派な仕事です。掃除、洗濯、子育て、生活費の管理などとても素晴らしい仕事の一つです。もちろん真剣に主婦業に取り組んでいるか否かは別の問題です。

そして、池田さんがこの地球に今、存在していると言うことは、必ず自分がやると決めてきた仕事があるはずなのです。ではどうすれば『自分が決めて来た仕事は何なのか？』の答えを見つけることができるかをお話します。実はそれは簡単です」

「簡単……？」

知栄子は問い返した。

「はい。それは心に聞けばいいのです。今現在自分が選んで働いている仕事を真剣に行うのです。もしこの世で自分がやるべき仕事を選んでいる場合、心が〝ワクワク〟します。逆に選んでいない場合は〝モワッ〟とした重さを感じます。この感覚を見えなくしているのがトラウマなのです。

たった二回ですが、池田さんのトラウマは確実に減ってきています。真剣に仕事をすることを宿題にしましたが、それを実践されたからこそ、楽しくないこと、生きがいを感じられないことに気がつけたのです。

今池田さんが生活しているこの地球を、たとえば『この世』と呼ぶことにしましょう。そして生まれる前に生活していた世界を『あの世』としてください。あの世で決めて来た本当に自分が選んだ仕事は、考えるだけで気持ちがワクワクして楽しいはずです。それが、自分があの世で決めてきた天職であり、目の前の仕事が天職かどうかを自分で判断するヒントになります。

また、自分があの世で決めてきた天職は、楽しさがたくさん詰まっています。しかし、それは必ずしも最初から収入がいいとはかぎりません。

天職を選び、楽しみながら人々を幸せにする。それができてきた時に収入は、自分が希望するだけ、自分が願っただけ、必要なだけ、いくらでも、金額の単位とは関係なく引き寄せることができるのです」

マサヨシは言った。

「今仕事に〝モワッ〟と感じるんですが、ということは……」

「自分の天職を引き寄せるには、今の仕事を真剣に行うことでしたよね？　それを池田さんはすでに実行されました。**新しく必要な情報を引き寄せるには、古くなった、いらない情報を手放す必要があります。**それが、今の池田さんにいちばん必要なことです。分かりますね？」

「はい。分かったような気がします。答えは私の心の中にあるんですよね？」

「はい。では三回目のヒーリングを始めたいと思います。それでは目を閉じて……」

二日後。

知栄子はいつもの時間にお店に向かっていた。重いドアを開ける。薄暗い照明とムーディな音楽が流れる店内を抜け、支配人の部屋をノックした。

「どうぞー」

「おはようございます。知栄子です」

「あれー、知栄子ちゃん？　今日はお休みの日だよね？」

「あの、今日はお話があって来ました」

しっかりした声で知栄子は言った。

「うん？　なに、かしこまっちゃって」

「はい。私、お店を辞めようと思っています。急なことで、勝手を言っていることは分かっているんですが、その……、私のやるべき仕事って、これじゃないと気づいたんです。だから……」

「知栄子ちゃん、『貯金たくさん必要だから頑張る』って言って、ここに入店したの覚えてるよね？　もっと稼げるお店でも見つけたわけ？」

「いいえ、そうじゃないんです。稼ぎたいから、このお店で働かせてもらいました。でも、お金じゃ替えられない何か、え～っと……、自分の天職を見つけたいと思っているんです」

コンッコンッ。

ドアをノックする音と同時にお店仲間のリナが入ってきた。

「さっき、知栄子がここに入ってくの見てなんか気になって。最近、ずっと様子がおかしかったけど、まさか辞めるとか言ってんじゃないよね？」

「リナ……。うん……私、お店辞めるよ。今、支配人にそれを伝えていたところ」

リナは強い瞳で知栄子を見た。

「辞めてどうすんの！　せっかくここまで頑張ったんだよ。お金のためならいくらでも頑張れるんじゃなかったの。やっと慣れてきたのに、もったいないよ！」

「うん。私ね、お金のためにここで働いていたことが分かったんだ」

「仕事って、そーゆーもんでしょ！」

「違うんだよ、リナ。この仕事を真剣にやっている人たちに申し訳ないけど、すごくやりたくて始めた仕事じゃなかったから、私はこの仕事そのものが楽しくないんだよ。自分にすごく無理をさせていたの。それに気がついたから、お金がすべてじゃないって思うようになったんだ」

「……じゃあ、どうすんの……？」

「これから、自分がやりたいって思える仕事を探したいと思ってる。まだ、自分の天職が何なのかなんて分からないけど。なんか、そーゆーことに気がつけたのも、このお店のおかげだけどね」

リナの瞳が優しくなった。

「……なんか、変わったね……知栄子。まぁ、いいーんじゃん？」

「俺、まだ辞めるの承諾してないけど？」

「あ！　支配人！　すみません‼」

支配人は腕を組んでニッと笑った。

「リナも言ったけど、知栄子ちゃん、変わったね。話を聞いてたら、なぁんか応援したくなっちゃったよ。頑張ってみたらいいんじゃない。うん。承諾しましょう。新しい仕事、早く見つかるといいね」

「ありがとうございました！」

知栄子は深々とお辞儀をして重いドアを閉めた。

安心して手放せば願いは叶えられる

桜千道の扉を開けた。

「こんにちは、よろしくお願いしますっ♪」

「こんにちは……おや、池田さん、表情が明るくなりましたね」

マサヨシはそう言った。

「はいっ。自分の仕事について、しっかり見つめることができました！」

「ほう」

「そして、〝モワッ〟と感じる仕事は古くなった情報だと分かって、お店を辞めてきました！」

「なるほど。手放すことができたのですね」

「あと、嬉しかったのが、辞める時にモメちゃうかなぁって心配だったんですけど、支配人もスタッフも理解してくれて……。ちゃんと辞められたことが嬉しいんです」

「よかったですね。それでは〝ワクワク〟する仕事をしていることを想像してください」

「はい」

「でも、もう一つだけ大切なことがあります。『もう、そうなることは決まっている』と安心して、手放すことが必要となります」

「ん？　安心して手放す……ですか？」

「一つ例をあげながら話をしてみましょう。池田さんは、小さかった頃、クリスマスの朝、枕元にサンタさんからのプレゼントが置かれていた記憶はありますか？」

「はい。あります」

「どんな記憶ですか？」

知栄子は思い返す。

「う〜ん、もう何週間も前からプレゼントが楽しみで仕方なかったですね。サンタさん宛にお願い事を書いた手紙まで用意して。それをクリスマスツリーに飾ったりしてたなぁ。前の夜は、もう興奮しちゃって全然寝つけないんですよ。そうすると決まって、お母さんが『早く寝ないと。サンタさん、プレゼント持ってきてくれないわよ』なんて言うもんだから……。毎年、ワクワクしながら寝てました」

「朝目覚めた池田さんの枕元には、プレゼントが届いていましたか？」

「はい、もちろん届いていました」

「それはなぜ、届いたのでしょうね？　もし、クリスマスイヴから朝まで池田さんが起きていたとしたならば、プレゼントは届いていたと思いますか？」

「なるほど。先生は私が安心して手放したから眠りについた。だからプレゼントが届いたと言いたいのですね？」

マサヨシはうなずいた。

「その通りです。さすが、池田さん。呑み込みが早いですね。我々はポジティブな思考もネガティブな思考も、心に引き寄せることができます。宇宙は、その思考のエネルギーを受け取り、それを現実化し続けてくれます。これが宇宙が与え続けてくれる愛です。ネガティブな情報もポジティブな情報も、その人が必要とした情報を与え続ける。それが、愛そのものなのです」

「そっかぁ。私は、これまでネガティブなことを引き寄せてはいたけど、今は宇宙が与えてくれた愛そのものによって、自分にとって本当に必要なことに気づけるチャンスをいただいているのですね」

「素晴らしい。それともう一つ、僕はお話していなかったけれども、池田さんはネガティブな情報（エネルギー）を、引き寄せない方法を学びました。

以心伝心ということわざを知っていますよね？　あなたは、飛ぶ鳥跡《あと》を濁さず、きれいに辞めてくることができたのです。辞め際の手放しは、〝きれいに手放す〟が、絶対不可欠です。嫌な辞め方をすると、あとに残された人や、雇用している側がいつまでもその事柄に執着することに繋がりやすくなります。**執着したエネルギーの波動は、きれいに辞めなかった人に負のエネルギーとして戻ってくることにもなりかねません。**

今回はきれいな辞め方、手放し方が成功できたのも、真実の情報、つまり心に正直に、相手に伝えられたからこそポジティブな現実を、引き寄せることができたのです」

「そうなんですね。……私、自分で引き寄せたんですね、嬉しいな♪」

「よかったですね。ところで池田さん。お仕事を辞めて、これからどうしていかれるんですか？」

「自分のやりたいことを見つけたいです。しばらくは自分探し……ですかね」

知栄子は嬉しそうに笑った。

「それもいいでしょう」

「では四回目のヒーリングを始めたいと思います。それでは目を閉じて……」

仕事を辞めてスッキリした知栄子は、家に帰って自分の部屋を見渡した。

「先生は〝ワクワク〟することを想像するって言ってたけど……。こんな散らかった部屋じゃ〝ワクワク〟できないよ！」

立ちあがると、腕まくりをして気合を入れる。

「よぉ〜し！　掃除しちゃおうかな‼」

ＣＤコンポの再生スイッチをポンッと押した。

ズズッ♪　ダダッ♪　ズズッ♪　ダダッ♪♪　ダダダダダッ♪♪♪♪

ガチャッ！

激しいロックが爆音で流れて思わず反射的に音楽を止めた。

「なんか違う。今はこんな気分じゃないな……。気分よく掃除したいし、何かレンタルしに行こう♪」

駅前のレンタルショップに入ると、迷わずクラッシックコーナーへ向かった。

「えーと、ショパン……ショパン……。ショパンのポロネーズ第六番……。あ、あった！　これこれ♪」

知栄子は何枚かショパンのＣＤをレンタルした。帰宅すると、部屋中をピアノの音色に包んで掃除を始めた。

「あ〜、やっぱりピアノっていいなぁ。落ち着く〜♪　気持ちいい〜♪」

買ったまま値札がつきっぱなしの洋服や、開封されていないメイク道具、お菓子の袋など色々な物が、あふれ出てくる。知栄子は躊躇せず、それらをどんどんゴミ袋へ入れては捨てていった。

ついに、山積みになっている本棚に手をつける時が来た。雑誌が大好きで毎月買うのはいいが、なぜだか捨てられず溜まる一方。自分でも呆れるほどに「捨てられない女」と化していた。

でも、いざ捨て始めると気分がスッキリしていく。

「この本、懐かしいなぁ〜。去年のだよ。うわっ、これなんか、もっと昔のじゃないの〜？」

一冊ずつ表紙を確認しながらまとめていく。

「あ……」

ビニールの袋で梱包されたままの資料が出てきた。

表紙には『メンタルケア心理士受講ガイド』と書かれている。

「そういえば、資料請求したんだっけ。忘れてた」

しばらくその資料を見つめて考えたのちに、本棚に戻した。

「これは捨てる前に、一度読んでみよう」

ほかの本はすべて破棄することにして外へ出すと、部屋が見違えるようにきれいになった。

気持ちのいい風が通り抜け、空気まで浄化されたかのよう。

「うわぁ〜、ここの部屋ってこんなに広かったのね」

知栄子の心も、まるで浄化されたかのように晴れやかだった。

知栄子の化粧は昔に比べてシンプルそのものになっていった‼ 以前の知栄子はつけまつ毛に、アイシャドゥはたれ目のスタイルを作るため、ゆうに一時間必要だった。今はファンデーションにアイブロウに少し、グロスを唇に足すだけと、時間はおおよそ三分‼

今日は桜千道で、髪も短く切ってもらう予約をヒーリングと一緒にお願いしていたので、気分はドキドキだった。


コンコンッ。扉を開ける。


「今日はバラの香りのアロマですね♪」

知栄子はマサヨシに声をかけた。

「はい。今日は気分を変えてローズオットーと高級にしてみました。気に入っていただけたようですね？」

「まるでバラがそこに咲いているような感じがします」

「ありがとうございます。では先に今日は髪の毛のエクステンションを外しましょう。こちらのお席へどうぞ」

「なんかドキドキしちゃいます。短かくするのは小学生以来なんですよ。似合うかな～？」

「大丈夫ですよ。もちろん似合うようにカットしますから、安心してください」

マサヨシは知栄子に話しかけながら、エクステンションを外し始めた。


「はい、全部エクステンションを外しましたよ。今度はカットしていきますね。どんなイメージにしたいとかご希望はありますか？」

「カタログの切り抜きを持ってきたのですが、こんな感じって私に似合いますかね～」

「大丈夫ですよ。任せてください」

ザクザク……ザクザク。


「そういえば池田さん、今週はヒーリング後、何か変化を感じられましたか？」

知栄子は自分に起こった心の変化を話し始めた。

「まず、今週は家に帰って大掃除に取りかかりました。その時に大好きだったハードロックがやけに耳について、昔好きだったショパンのピアノの音色を聞きながら手を動かしたら、部屋の中がピカピカに生まれ変わりました」

「なるほど、音楽の趣味も変わり始めたのですね。ヒーリングの四、五回目からは多くのクライアントは聴覚が変化を始めるのです。池田さんの聴覚は以前より格段と耳から音を立体的にとらえられるように変化しているのです」

「そうだったんですか」

「ところで、掃除を終えて何か感じましたか？」

「実は、昔に取り寄せたメンタル心理士の資料が目に入ったので、取っておきました。なぜか気になって」

「ひょっとして、意識が引き寄せたのかもしれませんね」

「じゃあ、メンタル心理士をした方がいいと言うことですか？」

「それは池田さんの心に聞いてみてください」

「そっか。**ワクワクすればいい情報ということですもんね。**今少しだけですがワクワク感がありました。あとでゆっくり考えてみようかなぁ～。唐突ですが、先生はどうして美容師を選んだんですか？」

「ぼくも、あなたのように引き寄せたんですよ」

「どんなふうに？　聞きたい♪　聞かせて～」

「実は、最初は歌手志望で田舎から上京してきたのですがね……」

希望だけを胸に抱いて ―マサヨシの過去・上京―

東京駅に着いた時には、夜一〇時を過ぎていた。もう、あと戻りはできない。高校を卒業して間もなくの一八歳の決意だった。

「歌手になるのだ」

我が子のように愛情たっぷりに育ててくれたばあちゃんを一人福井県に残し、マサヨシは二人で暮らしていた家を飛び出してきていた。ずっと計画していた上京だったが、ばあちゃんに打ち明けようとすると心が折れてしまいそうに痛んで、結局最後まで言えなかった。

翌朝、起きたら、ばあちゃんが自分を探さないようにと、置手紙をしてきたのが精一杯。

少しでも福井の家を思うと、泣いてしまいそうだ。

「ばあちゃん、ごめん。必ず、迎えに行くから」

心にそう誓って、今は前へ進むしかない。マサヨシは歩き出した。

しかし東京駅を一人で歩くのは初めて。

八重洲口を出てトイレに行きたかったのだが、出口を探しているうちにすっかり迷ってしまった。気がつくと、いつの間にか地下の名店街を歩いていた。

ひとまずトイレを済ませて落ち着いて辺りを見渡すと、マサヨシが何よりも見つけたかった物が目に飛び込んできた。《スタッフ募集》のポスターだ。しかも《住み込み可》と書いてある。

「歌手志望でも食べていくためには、何か仕事が必要だ」

マサヨシは迷うことなくポスターが貼ってある美容室のドアを開けた。入ってすぐの受付カウンターで事情を説明すると、お店の受付担当の女性が親切に対応してくれた。

「うちの店長も、あなたのように若い時、田舎から上京してきたのよ。飛び込みでこの店に働くことになった人だから、あなたと気が合うかもね。でも、今日は店長がお休みなので、明日の朝もう一度来てちょうだい」

マサヨシは「ありがとうございます！」と、大きな声で挨拶をして店を出た。

迷路のような東京駅の脱出になんとか成功し、田舎者丸出しで上を見たり、下を見たり。すれ違う人々は、マサヨシの横をハイスピードで駆け抜けていく。マサヨシが育った美浜町の駅前は人とすれ違う方が珍しいくらいで、全人口を合わせても約三千人の小さな村だ。

マサヨシにとっての東京は、本当に巨大な都会だった。そんな都会の真ん中で、マサヨシはビジネスホテルの看板を目で追いかけながら、今日の宿泊場所を探し歩いていた。ホテルを見つけて入ってみるものの、なかなか予算が折り合わない。値段を聞いては出てくることを何度も繰り返す。

当時はビジネスホテル価格でも五千円は必要だった。ところがマサヨシの握りしめてきた全財産は三万円。とてもじゃないが、泊まることはできない。その現実を受け入れると、職場も決めずに大都会に飛び込んでしまった自分の衝動的行動が、いかにも不安なものに思えてきた。


「どうしようかな……？」

明日の面接に備えて、東京駅に戻ってこられる距離の範囲を一時間ほど歩いてみたものの、今夜泊まる場所を見つけることはできなかった。結局、先ほど立ち寄って水を飲んだ、駅近くの公園で一晩過ごし、翌日の約束の時間を待つことにした。


生まれて初めての野宿体験も悪いものではなかった。これから先のことを考えると不安もあったが楽しみの方が大きい。気がついたら昨日から、新幹線で買ったアイスクリームしか口に入れていなかった。

「そうだ、お弁当があった」

新幹線の中で買っておいた駅弁を食べ終えると、マサヨシはワクワクしながら少し眠ることにした。

「いててて……」

堅いコンクリートの上では、さすがに体がガチガチになり、夜中に何度も目が覚めた。ようやく朝方深く眠りにつけたが、面接の時間が気になり、少し早目に起きて時間を潰すことにした。腰を擦りながら起きあがり、公園内の水飲み場で顔を洗って気合を入れる。

「よしっ」

両頬を「パンッ」と軽く叩くと、昨日の道順を思い出しながら美容室へ向かった。

「岡本マサヨシです」

「どうも、店長の大野です」

マサヨシが挨拶をすると、事情を聞いていた大野さんは温かく迎えてくれた。九州弁丸出しの、人がよさそうな大野さんは、マサヨシの頭の先からつま先までをチェックすると……、

「君、ファッションセンスないねぇー。早く東京に慣れるように頑張ってください」

大野さんより断然僕の方がお洒落だとマサヨシは内心思った。

「僕も君くらいの時に九州から上京し、このお店に飛び込んで見習いから始めたんだけどねぇ。まぁ、呑み込みが早いから、あっという間に出世したってわけよ」

方言のせいか、なんだか親近感すら感じさせる不思議な人だった。美容室の向かいにある喫茶店での面接はとんとん拍子に進んでいった。

「美容師の仕事は楽しぃと思うよ。頑張れるかぃ？」

大野さんの質問にマサヨシは元気よく答えた。

「はい、頑張ります！　よろしくお願いします！」

「ところで岡本君、職場決めないで、君も無謀だねぇ。もしこの面接決まらなければ君、大変だったと思うよぉ。住むところも職場も二日目で確保できるなんて、ラッキーとしか言ぃようがないね」

大野さんの言葉にマサヨシも大きくうなずいた。


「このように僕の場合は、最初はただ食べていく術として美容師の仕事を選んだんですよ」

「へぇ～～歌手⁉　先生が歌手？　すみません。全然想像できないっていうか、意外～！歌うまいんだ～。歌って、歌って、歌って♪」

「池田さん。ここは美容室ですよ」

とマサヨシはたしなめる。

「つまんなぁ～い～。ざ～んね～ん！　先生はおばあちゃんの田舎から上京して来たってお話していましたけど、お母さんって一緒に住んでいなかったんですか？」

「三歳までは僕も母と暮らしていたんですよ。実は東京で産まれたんですがね……」

母との別れ、慈しみ深き祖母との暮らし ―マサヨシの過去・誕生と幼少期―

一九六七年一二月二六日、東京都高輪。

にぎやかなクリスマスが終わり、身を切るような冷たい風と師走の忙しさが駆け抜ける季節にマサヨシは誕生した。

マサヨシの母、幸子は当時ホステスの仕事をしており、マサヨシが生まれるギリギリまで寝る間も惜しんで働いていた。演歌歌手の父、三十四《みとし》の仕事がほとんど入ってこなかったからだ。三十四はレコードが売れるためにと全国を飛び回り、家にはほとんど帰らなかった。幸子は一人でなんとか生計を立てようと、必死で頑張っていた（この頃、母・幸子の姓は父の三十四と同じ野口で、のちに旧姓の岡本となる）。

幸子は、マサヨシを産んだあと、アパートの小さな部屋にマサヨシをたった一人残し、また夜の世界へと戻っていった。

一歳にも満たない赤ん坊にとって、母親のいない空間は孤独と恐怖でしかない。

マサヨシは、お母さんにそばにいて欲しくて、寂しくて、言いたくても言えない小さなその体を大きく震えさせながら泣き続けた。お腹が空いて、寒くて、凍えそうで、誰かに助けて欲しくて、力を振り絞って泣き続けた。毎晩毎晩、泣き続けていた。

当然ながら、その声はアパート中に響き渡り、たちまちご近所を騒がせることになる。

「ねえ、野口さんの部屋から、最近赤ちゃんの泣き声が聞こえるのよ」

「そうそう！　私も気になっていたのよ。だって朝までずっと聞こえるんだもの」

「あの泣き声、普通じゃないわよね」

「彼女、夜ホステスをしているらしいから、日中は部屋に居るんじゃないかしら」

「そうね、今ならお話ができるかもしれないわ。うかがってみましょう」

ご近所の方々は一致団結し、夜ごと聞こえるマサヨシのSOSを伝えるべく、幸子の寝ている部屋のドアをノックした。幸子はみんなに謝りながらも、「正直、今の状態だと、子供の面倒を見るのは難しいと思っている」と答えた。

マサヨシにつらい思いをさせていることは、幸子も十分に分かっていた。でも、必死に頑張って、自分一人でなんとかしようと背負い込んでいたのだ。

散々悩んだ幸子は、住人たちの説得で実家の親に協力してもらうことに決めた。

連絡を受けたばあちゃんの行動は素早かった。

ばあちゃんは若い時に伴侶を亡くし、女手一つで八人の子どもを育てあげたスーパーウーマン。我が子が子育てに悩み困っていると聞くと、手早く荷物をまとめ早々に福井県から高輪のアパートに駆けつけてくれたのだった。

そして、「孫を一人面倒見ることくらい、なんてことないさ」とマサヨシの母親がわりを買って出てくれた。ばあちゃんにとっても六〇歳を超えて初めての東京生活。住み慣れた美浜の町を離れて暮らすのは勇気のいる決断だ。

美浜の人々は温かく、老人が独りで住むことを周りがみんなで守ってくれていた。風邪を引くと看病し、屋根に雪が積もれば誰ともなく、みんなが協力して雪下ろしをしてくれた。

まさかこれから四年も東京暮らしが続くとは、その時はばあちゃんは思ってもみなかっただろう。

マサヨシは気管支が弱く小児喘息を持っていた。

夜中に喘息の発作を起こしては、ばあちゃんにおぶられ、何度も病院に駆け込んだ。免疫力が弱かったせいか、麻疹や水疱瘡、お多福風邪などでも病状が悪化し、入院することも珍しくはなかった。そんなマサヨシの様子を、ばあちゃんは今までの心の寂しさを病気で訴えているかのように感じていたようだ。

ばあちゃんがマサヨシの母親がわりとなって、はや三年の月日が流れた。

ばあちゃんはお盆になると、マサヨシを背中におぶって福井の田舎に帰省していた。

「マサヨシ。今年はおんぶしなくても歩けそうだねぇ。もうすぐ四歳だもんねぇ」

「うん。ばあちゃん、僕、お兄ちゃんになったからあるけるよぉ」

「えらいねぇ。マサヨシ」

ばあちゃんはマサヨシの手を引いて、毎年恒例のじいちゃんの墓参りに向かった。

ばあちゃんはいつもと変わりなく笑顔でいてくれたが、その頃になるとどことなく寂しげな様子を浮かべるようになった。

六〇歳を超えてからの東京生活は周りに友だちもなく、時折表情を曇らせていたのをマサヨシは子供ながらに感じていた。

「ばあちゃんどこか具合悪いの?」

「何心配しとるんや~。ばあちゃんは元気や。マサヨシがどんどん大きくなって、ばあちゃんこれからが楽しみでしゃーないわー」

「うん。僕大きくなったらお父さんみたいな歌手になって、ばあちゃんを楽にさせてあげるからね」

「ありがとう。マサヨシ、楽しみにしとるからな」

いつの日かそんな会話が出る度に、マサヨシはこれから起こることを察知していたのかもしれない。


四歳になったマサヨシは幼稚園からいつものように元気に帰ってきた。

「ばあちゃんただいまぁー」

家の中に入ると、幸子とばあちゃんが大声で言い争っている光景が目の前に飛び込んできた。

「マサヨシ。よう聞きや～。ばあちゃん、今日、福井に帰るからマサヨシはお母さんの言うことよく聞いて賢い子になるんやで～」

「いやだ。僕もいくぅ。ばあちゃんといくぅ～」

マサヨシは泣き始めてしまった。

「何をバカなこと言ってるの。これからはお母さんと暮らそう」

「ぜったいいやだ～～～～～～～～～～～～」

マサヨシの大きな泣き声がアパート中に響き渡った。

幸子とマサヨシの会話をじっと聞いていたばあちゃんは、ぽつりと口を開いた。

「ばあちゃんと福井で一緒に暮らすかい？　マサヨシ……」

マサヨシはすかさず無邪気に答えた。

「うん。僕ばあちゃんと行くぅ。ぜったいぜったい行くぅ」

「おばあちゃんもマサヨシも、そんなことできるわけないでしょう」

「いやだ〜〜〜〜。ばあちゃんと一緒がいい〜〜〜〜」

押し問答が二時間以上も繰り返され、幸子は泣きながらマサヨシの両手を握りしめて呟いた。

「……分かったよ。マサヨシ。お母さんも寂しいけど、マサヨシのしたいようにしなさい」

幸子は夫だった三十四との離婚を決意していて、すでに別居中だった。それだけにマサヨシはかけがえのない存在だった。マサヨシと離れて暮らすことは、死を宣告されているかのごとくの決断ではあったが、これ以上マサヨシを苦しめるわけにはいかないと、決死の覚悟で心を決めた。


「おばあちゃん。マサヨシをよろしくお願いいたします」

幸子は、この選択はマサヨシと自分にとって最善の選択なのだと自分に言い聞かせ、心残りのないようにと別れの日まで店を休み、マサヨシと一緒に過ごすことにした。

その日から幸子は、片時もマサヨシから離れず、顔をのぞき込んでは笑い、頭をなでほほを寄せて、年齢のわりに大柄な男の子をわけもなく抱きしめた。

マサヨシの大好きな粘土遊びの相手を一日中したこともある。遊園地に行きたいと言えば、マサヨシが帰ろうと言い出すまで一緒に楽しみ、甘やかし放題にすべてのわがままを許した。幸子は母子が別れて暮らすせめてもの償いに、母としてあらんかぎりの愛情を注ぐことで、マサヨシとの時間を思い残すことがないように二人の時を刻みたかったのだ。

その晩、遊び疲れたマサヨシのあどけない寝顔を、幸子はいつまでもいつまでも見つめていたいと思った。

あっという間に一週間が過ぎ、三人は東京駅で新幹線のホームに立っていた。

「一四番線、新大阪行きが参ります。白線の内側までお下がりください」

アナウンスがホームに響く。刻々と迫ってくる我が子との別れを、幸子は必死に耐えていたが、涙を抑えきれなかった。

「マサヨシ。ばあちゃんの言うこと聞いて、いい子で暮らすのよ」

「うん。おかあさん、僕、いい子だから大丈夫だよ。おかあさん泣かないで」

「おばあちゃん、マサヨシのことよろしくお願いします」

幸子の気持ちが痛いくらいに分かるだけに、ばあちゃんの目から大粒の涙がこぼれ落ちた。

「幸子、まかせときー。立派に育てたるから安心しなさい」

プルルルルルルルルルルルルルル……。

出発のベルが鳴り響いた。

「マサヨシ、おばあちゃん、早く乗って」

幸子は二人を新幹線に押し込み、閉じてしまったドア越しに何度も何度も手を振り続けた。

二人を乗せた新幹線が見えなくなっても、幸子はいつまでもホームに立ち尽くしていた。


ばあちゃんとマサヨシも、新幹線の入り口ドアの小窓から、幸子が小さく見えなくなるまで手を振り続けた。

「お母さん行ってきま〜す。ばあちゃん、なんでお母さん泣いてたの？」

ばあちゃんはマサヨシの手を引き、座席に向かった。

対面で座れるように椅子を回し、マサヨシは窓際の席に靴を脱ぎ捨てると、窓のヘリ越しで怪獣とウルトラマンのおもちゃを両手に抱え込みウルトラマンごっこに夢中になった。

そしてマサヨシは、ばあちゃんの顔を見あげて言った。

「ばあちゃん……。ねぇ、ばあちゃん。なんで泣いてるの？　お腹いたいの？」

「マサヨシは心配せんでええんやで」

「ふ〜ん……。おかあさんも一緒に遊びに行けばいいのにねぇ〜？」

「ああ……お姉さん、この子にそのアイスクリーム一つあげてくれますかぃ？」

毎年ばあちゃんと福井の帰省には、新幹線ガールが荷台に乗せて売りに来る、この新幹線アイスクリームを食べるのが、マサヨシの何よりの楽しみだった。

「まだ、凍っているから、置いておけばええのに〜？」

ばあちゃんの言葉をよそに、アイスの表面が固くてスプーンでは無理と分かるとカップアイスをお構いなしに、直に舌でぺろぺろ舐め始めた。

「あらあら、マサヨシ、本当にこのアイスクリーム好っきやなー」

「うん、僕これだいすき〜」

ばあちゃんもその健気な姿に満面の笑みを浮かべた。


ばあちゃんとの二人暮らしが始まった。さっそく福井のみみ幼稚園に転入が決まった。

転入初日、マサヨシはちょっと緊張しながらこれからお友だちになるみんなに挨拶した。

「野口マサヨシです。よろしくお願いします」

東京育ちのイントネーションは、幼稚園の子供たちを驚かせた。

「おめえ東京弁でカッコつけとんのかぁ？」

マサヨシはビックリした。

「僕カッコつけてないもん！　そっちが変なしゃべり方なんじゃん」

「その、じゃん〜ってのがカッコつけとるって言うとんや‼」

マサヨシはみんなに受け入れてもらえずにいた。

それから幼稚園に行く度に、仲間に入れてもらえない毎日が続いた。

朝から工作の粘土細工をしていた時のこと。ようやく完成させた怪獣の粘土作品。休み時間を終えて先生に見せようと教室に戻った時にマサヨシは愕然とした。

「僕の怪獣が……。なんで……？」

マサヨシは手先がとても器用で工作が大好きだった。いつも家で肌身離さず遊んでいるウルトラマンごっこの怪獣をイメージして、一生懸命に大作を作りあげた。先生やみんなを驚かせて、みんなと早く打ち解けようと必死に怪獣を作り終えたのだ。

しかし目の前に現れたのはベチャッと潰れて、変わり果てた粘土。足で踏んづけられて、足跡が無残に粘土の上に残されていた。

「くっそぉ～！　誰がこんなひどいことしたんだよぉ？」

その様子を見て苦笑いをしていた博之が「でかくてじゃまだから潰しといた」と答えた。

「はっはっはっはっ」

教室の中に数人の笑い声が響き渡った。博之はクラスのガキ大将。東京から来たマサヨシの行動が目について仕方がないのだ。

その瞬間、ずっと我慢をし続けていたマサヨシの感情が爆発した。ハッと我に返ると、博之の体は大きな弧を描き宙を舞っていた。

〝ドスンッ〜〟

鈍い音と共に辺りに椅子やら机が散乱した。博之は大声で泣き始めてしまい、その声を聞きつけたクラス担任の朝倉先生が仲裁に入り、無事仲直りすることができた。

その一件から、あさがお組のわんぱく大将が誕生した。

福井の野原・川・山・海を宿題も忘れ、暗くなるまで遊ぶ毎日。先生に叱られても懲りずに友だちと遊び呆けていた。

半年間も体中に点滴の管を通していた生活も、今では嘘のような日々である。福井に住んでからのマサヨシは、風邪一つ引かない健康なわんぱく少年として育っていき、東京高輪での生活で入退院を繰り返していた病弱体質はもうそこにはなかった。

福井のばあちゃんと住んでいた家は幸子とその他七人の兄弟たちを育てた家なのだが、お世辞にもきれいといえる家ではなく、風呂や電話もなかった。毎日夜になると家から二軒隣の山口さん宅にもらい湯をして生活していた。

幸子がかけてくる東京からの電話も山口さんが「東京の幸ちゃんから電話やでー」と呼びに来てくれていた。幸子の気も知らず「うん。大丈夫や。元気やから心配せんといて。友だちと約束しとるから電話切るよー」といつも幸子からの電話は正味一分で切りあげ。まさに、親の気持ち子知らずといった様子。

幸子は八人兄弟の下から二番目。四歳の時に父は福井の鉄道に轢《ひ》かれて亡くなっていた。このボロ家を出て東京暮らしに憧れ、福井を飛び出したのだ。

今では自分の息子がこの家で育っていることに日々感謝しながら、ばあちゃんとマサヨシがひもじい思いをしないようにと、朝晩必死に働き、一度も滞ることなく仕送りを続けた。

マサヨシは小学生にあがってからも運動が大好きで、三年生から始めた空手道では福井県大会で何度も優勝するほどになった。そして毎朝の新聞配達は心も体も鍛えあげてくれた。

「母と一八年間別々に暮らすことを当時の僕は理解できていなかったのでしょうね～」

「そうだったんだ～。小っちゃい頃の先生は幸せじゃなかったんですね」

「いいえ。幸せでしたよ。すべての経験が必然でしたからね。もちろん、思春期の頃は少し葛藤がありましたけどね」

「やっぱり先生でもあったんだ～。私は昔から、お母さんにすごく反抗的だったな～。じゃあ～、おばあちゃんと暮らしていた時も、お母さんとの間で反抗期みたいなのって、あったんですかぁ？」

「そうですねー。今思えばあの頃が反抗期だったのでしょうね……」

複雑な母への思いと東京での再会 ―マサヨシの過去・思春期と母との思い出―

あの日は忘れもしない、中学校の修学旅行先の東京で起きた出来事だ。

最終日、マサヨシは東京タワーの入り口に差しかかったところで、担任の武藤先生に呼び止められた。

「マサヨシ〜。実はお母さんが今日お前に会いに来てるんだ〜。お母さんの要望で今日ここに来ること、内緒にしてくれって頼まれてな〜。まぁ〜お前を驚かせたかったんと違うかな〜。今から先生がそこまで案内するから、ちょっと会ってこいや〜。久しぶりにお母さんと話してこい」

「えーうんん……」

マサヨシは気が進まない返事を返した。と言うのも、福井の田舎に幸子が帰省する時の身に着けてくる洋服、アクセサリーは年々派手になる一方。

マサヨシが苦手な香水の香りをぷんぷん漂わせていた幸子は、その頃共に生活をすることになったパートナーの話を自慢げに話していた。不動産をたくさん所有し、ホテル経営・パチンコ経営など手広く東京で展開していたらしく、幸子の自慢話を聞かされることにマサヨシはうんざりしていたのだ。

（なんだよ。せっかく最終日みんなと写真撮って、自由行動時間にはレストランで一緒に食事しようって約束してたのに……。ほんといつだって自分勝手なんだから……）

イライラしながら武藤先生のうしろを歩いていくと、すぐに待ち合わせの喫茶店に到着した。店の扉を開け中に入ると、母幸子とその隣に初めて見る男性が座っていた。

（誰や？　このおっさん？）

「マサヨシの母です。いつも息子がお世話になっております」

幸子は、マサヨシが眉をひそめているのにまったく気がついていない様子で、武藤先生に深々とお辞儀をしている。

（……ったく、なんなんだよ）

マサヨシの胸がざわついている。

「マサヨシ、一時間後に迎えに来るからなー」

そう言い残して武藤先生が出ていくと、幸子はマサヨシに目を向け微笑んだ。

「久しぶりマサヨシ。元気だった？」

「うん……」

「あのね、この人西原さんというの。マサヨシが大きくなれたのも、西原さんがいたからなのよ。ちゃんとお礼を言いなさい」


（ふざけんなよ。やっぱり男の話かよ）


思春期の少年には受け入れられない現実が目の前にある。マサヨシは、体中が拒否反応を起こしているのを必死に抑えて座っていた。

「はじめまして西原です。大きな体だね。マサヨシ君は空手をしているだって？　おじさんも柔道を学生時代にしていたんだよ。学校は楽しいかい？」

「ええ……まぁ……」

曖昧なマサヨシの態度に幸子が決定的な言葉を突きつけた。

「あなたのお父さんのかわりをしてくれてる人なんだから、もう少しちゃんと挨拶しなさい」

マサヨシはとうとうキレた。

「ふっざけんなよ！　そもそも勝手に福井からばあちゃんを呼びつけておきながら、喧嘩してばあちゃんを帰ることにしたのはあんたじゃねーかよ!!　金だけ振り込んできて、俺がどんな思いでいたかなんて、何も考えてねーじゃないかよ！　いつだって自分勝手で、親らしいことなんてしてもらった記憶も何もねーんだよ！」

今まで母親に反抗的な言葉を言ったことのないマサヨシはその場を立ちあがり、店中に聞こえる大きな声で幸子に怒鳴り散らした。

「黙って聞いてりゃー好き勝手ばかり並べて、あんたののろけ話なんか聞きたかねーんだよ。あんたが父親と勝手に離婚したんじゃねーかよ。そしたら今度は好きな男連れてきて、父親がわりだぁ？　ふざけんなー。あんたそれでも母親かよ！」

次の瞬間マサヨシは店を飛び出してしまった。

そんな苦い修学旅行の出来事から、幸子は遠慮してか、田舎に訪れなくなっていた。


……あれから四年。

マサヨシは、その時のことを謝りたいと美容室の休みを利用して、幸子が受付をしているという新小岩のホテルを訪ねることにした。

受付に行くと、幸子は笑顔でマサヨシを迎えてくれた。

「マサヨシ久しぶりね。元気にしてた？」

「うん。修学旅行以来だもんな」

「ごめんね。お母さんあの時どうかしてた。父親をあなたから取りあげてしまったという気持ちから、順番も考えずに一方的だったね。ごめんなさい。あなたにお父さんを作ってあげたいという気持ちから、あんなこと言ってしまって。だけど私が間違っていたわね」

「ううん、僕こそあの時は言い過ぎたって反省してる。ごめん。……まだあのおじさんと、付き合ってるの？」

「うん。一緒に住んでる。西原さん、夜にはここに顔出すから会っていく？」

「いや、今日はやめとくよ」

「あんたが東京に来た日、ばあちゃんから電話があって。すぐにここに来るかと思ってたけど、全然顔見せないから心配してたのよ。美容師してるんだって。ばあちゃんから聞いたわ」

「今ね、美容師の卵で見習い中。店長さんすごくよくしてくれて、店、忙しくて大変だけど、面白いよ。でも歌の勉強できなくて、どうするか悩んでるんだけどね。まぁ元気で頑張ってるから、心配しないで。これ、今の住所。住み込みアパートだから風呂無しの四畳半だけど、気楽にやってるからさぁ」

「そう。頑張っているのね。体壊さないようにね」

お互いの距離はグッと縮まった気がした。

マサヨシのカットが終了した。


「どうでしょう、こんな感じに仕上がっていますが？」

「うわ～。ありがとうございます。なんか生まれ変わったみたいです。気に入りました」

「それでは五回目のヒーリングを始めたいと思います。それでは目を閉じて……」


家路の途中、知栄子は心がワクワクしているのを感じていた。

（そういえば短大も福祉科を専攻してたんだよなぁ～）


知栄子は、幼い頃から社会に貢献したいという思いを強く持っていた。

小学生当時、「将来の夢は何ですか？」と学校で聞かれると、決まって「人の役に立つ仕事がしたいです」と、答えていた。

けれど、具体的に何をしたいのかは見つけられないままでいたのだ。

短大を選ぶ時も、まだ具体的な職種が見つかっておらず『総合福祉学科』を専攻。短大の授業は特に心理学が楽しくてかじりつくように講義を聞いた。

……ある日、福祉論の講義で衝撃を受けた。

それは、『善と偽善』の講義の時間だった。

「は～い。今日はあるアメリカの牧師さんのお話をみなさんに聞いてもらおうと思います。貧困の時代に、アメリカのとある地域の牧師さんが、熱い炎天下の中、わずかなパンとわずかな水、わずかなお金を持って道を歩いていたそうです。すると、何やら道の草むらに人が倒れているのを見かけて、慌てて牧師さんはその人に駆け寄りました。すると、そこに倒れていたのは一人の老人でした。話もできずに口をモゴモゴと動かしている様子を見て、牧師さんは、水筒にほんの少しだけ残っている水を分け与えました。すると、道端に倒れている老人は小さなかすれた声で、こう言いました。

『牧師さん。私はもう何日も何も食べていません。何か食料を私に分けていただけませんか？』

するとと牧師さんは老人に優しくこう言いました。

『これをお食べなさい』

ひとかけらしか残っていないパンを差しあげたそうです。そして、その老人は生気を取り戻したそうです。

そして、また数キロ。牧師さんが歩いていくと、今度は目の前に少年が駆け寄ってきました。

するとその少年はこう言いました。
『お母さんが病気で、治してあげたいのだけど、お金がありません。どうか牧師様、僕たちを救ってください』
『これをお使いなさい』
牧師さんは、迷わず全財産を少年に受け取らせたそうです。そこに、困っている人がいるならば、救いの手を差し伸べて、見返りを求めないという正義感あふれる牧師さんのお話です。これが本当の善です。**さぁ～みなさんに質問です。みなさんは、善者ですか？　それとも偽善者ですか？**」

知栄子は、この講義を聞いて以来、自分のやっていることは善なのか偽善なのか、夜も眠れないほど悩んだことを今でも覚えている。それからボランティアでデイサービスもやったのだが、結局は足が遠のくようになっていった。

五回目のヒーリングを終えた知栄子は、自分がこれから歩んでいく将来について深く内面を見つめる毎日を過ごした。

そして、一週間後。

仕事にはお互いの感謝が存在する

「先生、おはようございます」

　知栄子は言った。

「おはようございます。池田さん。今週一週間の報告をお願いします」

「はい。自分が過去にやりたかったことが急に思い出されてきて……。私、短大の時に、総合福祉学科を専攻したんです」

「そうでしたか、なぜ、福祉学科を専攻したのですか？」

「何か、人の役に立つことがしたくて、選んだことを記憶しています。そういった仕事をしていることを考えるとワクワクしていたんです」

「なるほど。その時に池田さんは、ワクワクされたんですね。今、そのお仕事をされていないですが、あきらめた理由はあるのですか？」

「……はい。短大の講義で、善と偽善をテーマにした内容のものがあったんです」

「あぁ、その話、僕も知っていると思いますよ。牧師さんが出てきて、ありとあらゆる持ち物を与えていくお話ですよね」

「先生も知っていたんですね」

　マサヨシはうなずいた。

「この話は有名なお話です。それでその話を聞いた池田さんが、きっと自分は偽善者と思った。そういうことじゃありませんか?」

「はい。その通りです。それがきっかけで偽善者の私にはこの仕事は無理だと思うようになって、短大を中退することになったんです。まぁそれだけではないんですが、今はまだ話したくないので、先生に話せる時が来たら話します」

「そうだったんですか。何か訳ありみたいですね。いいでしょう。話したくなった時に聞かせてください。では善と偽善について少しコーチングします。この答えは簡単です」

「簡単?」

「はい。簡単に理解できるはずです。前にもお話しましたが、ワクワクすることが何なのかが答えです。牧師さんにとってのワクワクはお金をすべて分け与えても、人々を救えたと言うことがワクワク感だったのです」

「どういうことですか……?」

知栄子は尋ねた。

「ちなみに僕はお金をいただかないでヒーリングを行うことに、ワクワクしないタイプです。答えはそこにあります」

「では先生は偽善者?」

「まさか~。僕は善者です。自分にとってお金をいただくことがワクワクするか、いただかないことがワクワクするのかは人によって異なります。**自分が何をすることが嬉しいかを自覚しているかどうかが問われていることなのです。**

たとえば、あなたの家の周り五軒がどぶ掃除当番で、みんなで集合時間を決めたとします。そうですね～、朝九時集合としましょう。でも池田さんは七時に早く着き、みんなが来る前にどぶ掃除を終わらせた。それが早く終わらせた＝ワクワク感なのか、喜んでもらう＝ワクワク感なのかで話が変わってきます。つまり池田さんは朝、早くに起きて、誰よりもどぶ掃除をしたくて、独り占めしてでも、どぶ掃除をすることがワクワクしたのか、どぶ掃除することでみなさんに喜んでもらうことだけにワクワクしたのかによって、善か偽善が決まるのです」

「なんか分かるような？　分からないような？　……先生やっぱり分かりません……」

「了解です。ちなみに九時に集まった住人は、誰一人としてありがとうを言ってくれなかったとします。それでも池田さんが嬉しいと感じたとします。それはなぜでしょうか？」

少し考えてから知栄子は言った。

「それは～～？　どぶ掃除が好きだからですかね～？」

「はい。とっても池田さんはどぶ掃除好きだった。すなわちきれい好きなんですね」

「なるほど、好きだから行うことは、それだけでワクワクしますよね～」

「そうです。答えは、誰かが喜んでくれなかったら嬉しくないのか？　どぶ掃除をすることの行為そのものに喜びを感じるのか？　そこに気がつくことで答えは見えてきます。牧師さんはお金を与えることが、自分を犠牲にしているとは思っていなかったのでしょうね。これでこの人が救われる。それ自体にワクワクしたからこそ、それを行ったのでしょう。

仕事とボランティア精神は分けて考えるべきです。そして、仕事にはお互いに対する感謝が存在します。欲しいものを手に入れることができたという感謝と、自分の作ったものや、やったことを買っていただけたという感謝です。

仕事において大切なのは、お互いに感謝し合うということです。そしてお金とは感謝を伝え、感謝を受け取るためのものです。お金をいただくことは、お互いに感謝し合うことなのです。やってあげたと上目線で相手のことをとらえたり、やってもらって当たり前と受け取らないためにも、お金がエゴ（偽善）を防いでくれるのです。すべてをなげうって奉仕することだけが、善ではないということですね」

「なるほどすごく分かりやすかったです」

知栄子は言った。

「きっとその先生は、池田さんにボランティア精神が善。お金をいただく精神が偽善と伝えたかったのでしょう。でもそれでは就職できませんよね。よほど気をつけておかないとボランティアには偽善――つまりエゴが生まれやすくなる面があります。『してあげたのだから喜んでよ！』とか、『困ってるんだからしてください』と感謝とは相反する感情を抱きやすいのですね。奉仕の心は悪いものではありませんが、感謝がないことはエゴになりやすいのです」

「そっか～。私も感謝をしないと偽善者になってしまいますね。気をつけます」

「一つ質問があります。もし、池田さんが過去にとらわれ続けていたならば、その講義の話を思い出しただけでモワッと感が出たはずです。昨日、それを思い出した時はどのように感じましたか？」

マサヨシは尋ねた。

「ん～、不思議なんですよね、昔は思い出すことすら、苦痛だったのですが、昨日はあんなに考え込んでもモワッとを強く感じませんでした……。それよりも、自分がメンタル心理士の資格を取って働いていることを想像してワクワクした方が断然に強く感じました」

「ワクワク感が増していたわけですね。トラウマが取れてきたことにより、天職としてあの世で自分が決めて来たことにアクセスしやすくなったということです」

「すごい！　先生‼　これも、心浄術効果なんですね‼　私、メンタル心理士をするべきなんですかね～？」

「それを決めるのは池田さん自身です」

「はい！　それはもう一度よく考えてきます。**自分がやりたいことにワクワクすることが善なのですね！**　目的が、喜んでもらうことにフォーカスすると、エゴになってしまいがちなのですね。ありがとうございます。私、すごくスッキリしました‼

あっ、先生に一つだけ報告があります」

「なんですか?」

「うつ病の薬を飲まなくても大丈夫になったんです」

「それはよかったですねぇ」

「はい! 最初は睡眠薬を飲まなくても眠れる日が増えてきて。それから、少しずつ日中の薬も我慢できるようになっていって……。いつからかは覚えてないんですけど、いつの間にか全然飲まなくなっていたんです」


「では、六回目のヒーリングを始めます。それでは目を閉じて……」


帰宅した知栄子は、自分が〝ワクワク〟することについて考えた。

カウンセラーとして働いている自分の姿を想像すればするほど、心がワクワク感で満たされていくのが分かった。やっぱり、やりたい。この〝ワクワク〟を大事にしたい。

知栄子は、資料に書いてある電話番号に連絡した。

「あ、以前に資料請求をした者ですが、メンタル心理士講座を受講して資格を取りたいと思いますので、テキスト一式お願いします」

電話を切った知栄子の目はキラキラしていた。


突然携帯が鳴った。

「はい、もしもし」

恋人の啓介だった。

「おぉ。今、店に行ったらさぁ、辞めたっていうからさ。なんで連絡してこねーんだよ？」

「あ……、心配させると思ったから、わざわざ言ってなかったんだよ。ごめんね」

「まあ、いいや。明日、時間空いたからさぁ、会える？」

「ん……。ごめん、ちょっと明日友だちと約束してて……。それに、就活もしているから、今、時間ないんだ。またこっちから電話するね」

「なぁんだよ。せっかく時間作ったのに、お前いつも勝手だよな。うん、じゃあーいい、分かった」

プツッ……プーップーップーッ
（どうして私はこの人と、付き合ってきたんだろう。この人のこと、本当に好きなのかな）

電話を一方的に切られた知栄子の心に、ふとそんな疑問がわいてきた。

啓介は夜のお店で働くようになって初めての指名客だった。

啓介は毎晩店に通ってくれて、店のスタッフにも必ず手土産を用意していて、知栄子はその姿を紳士的だと感じた。

その頃の知栄子は、お店で働き始めたばかり。高級外車にブランドのスーツ、高級腕時計……華やかな身なりと高額なお金を落としていく啓介に自然と惹かれていった。そして、何回かの指名のあとに交際が始まった。

しかし、まったく束縛をせず、気が向いた時だけ連絡をしてくる啓介の態度を最初は包容力と受け取っていたが、ここ最近では愛されている実感を持てなくなっていた。

この日の啓介の電話に、知栄子は〝モワッ〟としたことに気づいた。

成長しない恋愛や結婚は執着を生む

「おはようございます」

「今週一週間はいかがでしたか？」

いつものやり取りのあと、知栄子は言った。

「今日は、報告と、質問が一つずつあります」

「そうですか。では、まず報告から聞かせてください」

「あれから、もう一度自分の心の中を確かめてみたのですが、やはり、私、メンタル心理士講座を受講することに決めました。先生、すごいと思いません？ 私、毎日七時間勉強しているんですよ」

「お～すごい、すごい。そこにワクワク感はありますか？」

「もちろんですとも～」

「すごい変化ですね。それでは、ご質問をどうぞ」

「実は、夜のお仕事をしていた時に付き合い始めた彼がいまして、昨日久しぶりに電話があったんです。その時、彼のどこを好きになったんだろうって考え始めちゃって。今、すごく悩んでいます。昨日も会おうって言われたんですけど、就活してるって嘘ついちゃいました。その後、電話を切ってからモワッとしちゃって……」

「それは、嘘をついたことにモワッとしたのですか？ それとも、彼との将来のことについてモワッとしたのですか？」

マサヨシは知栄子に尋ねた。

「彼との将来についてです」

「なるほど、自分の心をよく見つめられているじゃないですか」

「そうですかね～。でも、決められないんですよ」

「では、彼のどこを好きになったんですか?」

「えーと、身長が高い。俗に言うイケメン。高級な物を身に着けている。外車を持っている。建築系の仕事をしていてお金持ちなんです。……そんな感じですかね。でも、今では好きかどうかって聞かれると分からないんですけど、情があるっていうか、自分でもよく分かんなくなっちゃってます」

「分かりました。では、一つずつ話をしていきましょう。池田さんが今、実は億万長者だとしてください」

「なんか素敵! 億万長者。憧れちゃうな」

「ある日、池田さんが預金口座を作ろうと思って銀行に行ったとしましょう。そして、その時の格好は、うーん……そうだな……、たとえば、膝小僧が破れたデニムに、靴の先端が色褪せたボロボロのブーツ、いかにも着古した感じの毛玉ができたセーター。バックは持たずに紙袋で、窓口の女性にこう伝えます。『この一万円で預金口座を作りたいのですが』すると、窓口の女性は『かしこまりました。印鑑をお預かりいたします』と、淡々と事務作業を終え、『ありがとうございました』と言う。ポケットティッシュを一つもらって、池田さんは帰ることになるでしょう。

　さて、次の日です。今度は、高級な洋服に身を包み、運転手付の外車を銀行の横につけ、一億円の入ったアタッシュケースを二つ付き人に持たせ、池田さんは窓口に向かいました。接客についたのは昨日と同じ女性です。その女性は、池田さんのピカピカに光った靴の先から、高級そうな帽子の先までを見てから深々とお辞儀をすると、『お客様、今日はどのようなご用件でしょうか？』と聞いてくるでしょう。

そこで池田さんは、女性の前で二つのアタッシュケースを開けて『この銀行に預金口座を作りたいんだけど』と言います。女性はさっきと同じように『かしこまりました』と返答するでしょうが、おそらく淡々と、という具合にはいきません。

慌てふためいた様子で奥にいる男性のところに行くと、すぐさまその男性が池田さんのところにやってきて『この度はありがとうございます。お客様、こちらでは何ですので、奥の応接室へどうぞ』と別室に通される。応接室では、洋菓子にコーヒーを用意され、もう一人の男性があなたに名刺を渡します。『支店長の○○です』。そしてお金を預けた帰り際には、両手に手土産を持って帰らされました。これは、ある地域で本当にあった話です」

「へえ〜、本当の話なんだ。でも、なんかモワッとする」

マサヨシはなおも話を続ける。

「さて、この銀行員たちは池田さんの何を見ていたのか、もうお分かりですよね？　その答えは、あなたの外見とお金です。あなたの本質を見ていたならば、きっと、最初に訪れた日と、同じ対応をしたはずです。人は、外見では判断できないものなのです。見つめなければならないのは、外面ではなく、中身です」

「そっかぁ……。たしかに私は彼の外面を見ていたのかもしれない」

知栄子はぽつりと、そう言った。

「それともう一つ、執着と愛着はまったく別物です。自分とパートナーにとって、お互い学びのある付き合いは成長を意味します。しかし、**お互いの成長を感じられない恋愛や結婚は執着を生むのです。**愛情を感じられない恋愛や結婚は、心の成長の妨げになる場合があるのも事実です。池田さん、よく考えて答えを出してください。決めるのはあなたです」

「それでは、七回目のヒーリングを始めます。それでは目を閉じて……」


マサヨシのコーチングを聞いたあと、知栄子は自分の心の中にある執着と愛着について見つめてみた。でも啓介との将来については、相手の気持ちも大切なことを知栄子は感じ取っていた。答えはすぐには出せない……。

過去を話せるようになったのは、トラウマが少なくなったから

「こんにちは。今日もよろしくお願いします」

「池田さん、今日で八回目ですね」

「はい、そうですね」

「今の池田さんはすでに過去とは大きく変化されています。ご自身でも気づいていますか？」

「はい。お化粧のノリも全然前とは違うんです。周りからも肌がきれいになったねって言われてなんだかすごく嬉しくって♪　それと……自分を冷静に見れている感じがありまして、言葉使いも気をつけるようになったと思います。前はひどかったですもんね、先生もそう思いませんでした？」

　言葉に詰まったマサヨシの姿を、知栄子はいたずらっぽい表情で見つめる。

「うんん……まあ今がよくなりましたので過去は忘れましょう」

「なんか先生を困らせちゃいましたね。ふふふっ」

「つらい過去と認識していると、それを人に話をすることは苦痛以外の何ものでもありません。でも今の池田さんでしたら、最近、頭の中に浮かんでくる過去の出来事を話されても、トラウマが少なくなっているのでつらくないと思います」

「そうかなぁ？　少し不安もありますが、私の過去を話してもいいですか？」

「もちろんですとも」

「私のお母さんはとてもヒステリックな女性だったんです……」

深く傷ついた幼心　―知栄子の過去・幼少期―

知栄子が少しでも言うことを聞かないと、「こら！　ダメでしょ!!　なんで言うことときかないの!?」とお母さんはかん高い声で怒鳴り、手をあげた。

幼稚園に入園する時は、「いい？　知栄子。みんなに一人ずつ、『私は池田知栄子です。お友だちになってください』って言ってきなさいね。絶対に、ちゃんと言うのよ」と教えられ、これをお母さんからの命令と受け取り、とんでもなく緊張しながら人とは付き合ってきた。

怒られないために、殴られないために必死にお母さんのご機嫌をうかがう生活。言いたいことも、自由に言えなかった。

「これならお母さんに怒られないかな？」

知栄子は発言や行動すべてに対して、〝お母さんに怒られないこと〟を前提に考えるようになっていた。

実際、知栄子がお母さんの思った通りにならないと、いつも決まってお仕置きが待っていた。

「お母さんにお尻向けなさい!! パンツを下ろしなさい!!」

知栄子には、これだけでも十分に屈辱的で悲しくて悔しかった。震える手でパンツを下ろした瞬間、「ダメでしょ!! ダメでしょ!! ダメでしょ!! これでも!! わからないの!!」とお母さんはヒステリックでかん高い声で怒鳴りながら、知栄子のお尻を叩き続けた。

お母さんは殴った跡が表に出ないような場所しか殴らない。だからお尻や背中を殴るのだと、知栄子は子供ながらに気づいていた。

愛されていないと感じていた。自分は必要とされていないと感じていた。夜中になると、無性に悲しくなり涙が流れた。

「私は産まれてきちゃいけなかったんだ。私はダメな子なんだ。産まれてきてごめんなさい。ごめんなさい。お母さんは私が嫌いなんだ。ごめんなさい」

布団をかぶって泣きながら自分を否定していた。

この頃から、知栄子は人が産まれる意味、生きる意味を考え悩むようになった。

お母さんが知栄子を叱るもう一つの理由、それは『ほかの子と違う』から。

「お隣の○○ちゃんはできるのに、なんで知栄子はできないの!!」

「みんなこれを選ぶんだから、知栄子もこれを選びなさい!!」

世間体を気にするお母さんにとって、すべての基準は〝周りの人たち〟いわゆる、ご近所さんだった。その基準と知栄子に違いがあると、「どうしてそうなの!!」と、決まって知栄子は怒られた。

かわりに、知栄子が自主的にやりたいと申し出たピアノやバレエなどのお稽古事は「そんなお金ないわよ。ピアノなんて、近所迷惑で文句言われるからダメ」と却下。

心の底で、（お母さん私のこと信じてよ！）と泣いていた。

心の底で、（私はお母さんの物じゃないよ！）と叫んでいた。

心の底で、（私はほかの子とは違う！　私は私だよ！）と訴えていた。

それが、その頃の知栄子の毎日だった。

そんなお母さんが少し優しくなる時がある。お父さんが仕事から帰って来た時だ。お父さんの前のお母さんは、まるで別人のように機嫌がいい。

いつも、お父さんの好きなご馳走を頑張って作っていた。

だから知栄子は毎晩、お父さんが帰ってくる七時四〇分が待ち遠しかった。

「もう少し……もう少し……」

お父さんが帰ってくるまでは、なるべく自分の部屋に避難して、安全な時間がやってくるのを待って過ごしていた。何も知らないお父さんは、自分が帰宅するなり飛びついてお出迎えする知栄子のことがただ可愛くて、たくさん甘えさせてくれた。お母さんの顔色を確認しながら、お父さんに甘える時間が知栄子の救いの時間だった。

小学校中学年くらいになると、ある感覚が芽生えてきた。

「怒られている間は、ボーっとしてひたすら耐えていればそんなにつらくない」

それから知栄子の中に『無感情』という感覚がどんどん膨らんでいった。相変わらずお母さんはカッとなる度に知栄子を叩くが、もう、知栄子は恐くない。心がそこに無いからだ。痛みも感じない。

そう。自分を自分じゃなく偽って、殻に閉じこもれば何も感じないから……大丈夫。バシッバシッと叩かれている間、「……終わるまで我慢していればいいんだ……」

そうやってボーっと、お母さんの気が済むのを待った。

親の愛情を求め続けた日々 ―知栄子の過去・思春期―

小学校までは、それで自分をごまかせた。けれど、中学校に入るとそのフラストレーションが一気に爆発した。入学して半年もしないうちに、髪の毛を金髪に染め、制服をみんなと違う形に改造した。

お母さんにずっと押さえつけられてきた思いが、とてつもなく大きな反発心となって知栄子の心に芽生えていた。

とにかく、すべてが許せなかった。教室のガラスを割り、先生に暴言を吐き、授業を中断させた。自分を正そうと近づいてくる大人たちに嫌悪感を抱いていた。知栄子自身、自分がなぜすべてに反抗しているのかまったく分からないままでいた。

ただ、『嫌だ』という気持ちをコントロールできないのだ。


世間体が気になるお母さんにとって、いわゆる不良の知栄子は最悪の存在。あの頃の二人は喧嘩ばかりしていた。

「どうしてあんたはそんな子になったの!!」

「うるさいな！　ほっとけよ！　カンケーねーだろ!!」

お母さんとの溝は埋まるどころか深まる一方。

いつの間にか、知栄子は「だってお母さんが！」と言うのが口癖になっていた。

すると決まって「なんでもかんでもお母さんのせいにしないでよ!!　全部あんたが悪いんでしょ!!」と、お母さんも怒鳴り返す。

少しずつ、お父さんとも距離ができてきた……。

すべてに強く反発していても、本当は知栄子の心は母の愛情を求めていた。お母さんに心配して欲しかった。認めて欲しかった。

否定されたくなかった。愛されたかった。悲しくて寂しくて仕方がなかった。

「お母さん、怒ってばっかりいないで分かってよ‼」

知栄子の心はずっと悲鳴をあげていた。

受験シーズンになると、無理やり塾に入れられた。お母さんと押し問答の結果、心の片隅に嫌われたくない思いがある知栄子は断りきれなかったのだ。

塾に通い始めたある日、塾が終わり外に出ると激しい大雨が降っていた。知栄子は家が近いので走って帰ることにした。

「知栄子どうしたの？　お父さんは？」

ずぶ濡れで玄関に立っている知栄子を見て、お母さんは驚いて言った。

「どしゃぶりだからって、さっきお父さん車で迎えに行ってくれたのに、会わなかったの？」

その時、玄関のドアが開き、お父さんが入ってきた。

「あ、お父さ……」

知栄子は、車に気がつかず帰って来ちゃった、と言おうとすると、「なんだ知栄子！　どこに行っていたんだ‼」とお父さんの冷たい声。

知栄子は体が固まった。

「どこって……塾に……」

「お前、行ってなかっただろ?」

お父さんが言った。

「え……さっき塾終わって……」

「お前、ウソつくのもいい加減にしろ!! 俺はずっと出口を見てたんだよ! 見落とすわけがないだろ!! ずっと待ってやってたけど、お前は出てこなかった! ウソをつくな!!」

それを聞いたお母さんは呆れた顔で奥へ入っていった。

お父さんは知栄子を押しのけて玄関をあがった。

そして、両手の拳を握ったまま下を向いて立ち尽くしている知栄子を見下ろして、「なんなんだその顔は!」と怒鳴った。

(ちゃんと、行ってきたよ。ウソついてないよ。ほかにもお迎えの車いっぱいあったから、きっとお父さん、私のこと気づかなかったんだよ)

知栄子は真実を伝えたかったが、なぜだか体が動かない。声も出ない。涙があふれてきた。

お父さんの顔を見て、違う違うと、首を横に振ることしかできなかった。

お父さんも私を信じてくれない……。

知栄子の心が一人ぼっちになった瞬間だった。

罪悪感を背負わされて —知栄子の過去・妊娠—

高校生になると、お母さん以外に愛情を求めやすい存在ができた。

知栄子に彼氏ができたのだ。

「好きだ」

「愛してる」

そんな優しい言葉を自分に言ってくれる存在は初めてだった。しかも、年上で車を持っていて知栄子をいろんな場所に連れて行ってくれる。

これで、一人ぼっちじゃなくなる。そんな気がした。

恋愛に走ることで、家族では満たされなかった愛情を満たそうとしていたのだ。知栄子はどんどん恋愛にのめり込んでいく。そして、家にはほとんど帰らなくなった。

しかし、求めれば求めるほど、知栄子の心は満たされなかった。

常にもっともっとと今以上の幸せを要求し、尽きることがなかった。そして、高校を卒業したら結婚をしようと言われると、途端に将来が不安になり一方的に別れた。

その後もなぜか、結婚がリアルに感じられると恐くなり、相手の粗《あら》ばかりが目につくようになり別れを繰り返した。自分が幸せになれると思えないのだ。


高校卒業後、知栄子は総合福祉学科の短大に入学した。

小さな頃から、社会に貢献したいという気持ちを持っていたからだ。

「これからは、困っている人たちを助けられるようになりたい」

そう夢を膨らませていた。新しい友だちもできて、初めてのバイト先で知り合った彼もできた。

すべてが新鮮で、楽しかった。


ところが、入学して半年が過ぎた頃、なんとなく体の不調を感じるようになった。

朝の目覚めが悪く、頭も痛い。

「風邪引いたかな？」

頭痛はよくあることで、その度に薬を飲んでいた知栄子は、この日も迷わずに頭痛薬を胃に流し込んだ。午後には調子がよくなり、治ったかと思ったが、翌朝さらに体が重くてだるい。

また、薬を飲んだ。次の日も、次の日も……。

体調がどんどん悪くなって三週間くらい経った頃、知栄子は直感した。

「私……妊娠してるかもしれない……」

すぐに彼に連絡をして、薬局で妊娠検査薬を買った。

「どうしよう……」

公衆トイレで一人、結果を待ち、彼にもう一度電話をした。

「やっぱり……陽性だった」


仕事が終わった彼と待ち合わせをして、一緒に彼の家へと帰った。

「知栄子は、どうしたい？」

「どうって、やっぱり産みたいよ」

「そうだよね……」

彼は知栄子のバイト先で働いている二四歳のサラリーマン。

知栄子は一週間後に二〇歳になる。

数分、下を向いたかと思うと彼は大きく息を吐いて、知栄子の手を握り言った。

「よし、産もう！」

知栄子は嬉しくて泣き崩れた。この時は、幸せになれる気がしていた。

でも、ここから知栄子の不安はみるみる大きくなっていく。

「お母さんに、なんて言ったらいいんだろう……？」

怒られることが怖くなった。

「本当に、この人でいいんだろうか……？」

自分の気持ちに自信がなくなってきた。

「この先、どうなっちゃうんだろう……？」

将来が無性に不安になってきた。

「お腹の子、周りの人たちにちゃんと祝福されるのかな……？」

自分がやったことに、罪悪感が重く圧しかかってきた。


不安定なまま家に帰ると、お母さんが話しかけてきた。

「……あんた、妊娠してるんじゃないの？」

ドキッとした知栄子は思わず反射的にうなずいた。

瞬間。

バチンッ。

ものすごい勢いの平手打ちが飛んできた。

あまりの大きい音に、お父さんが駆けつけた。

「どうした!?」

「お父さん、知栄子、妊娠してるのよ。最近の具合悪そうな様子見てれば分かるわよ！」

「そんな……」

お父さんのこんな悲しそうな顔を見るのは初めてだった。お母さんも、涙を浮かべ唇を噛んでいた。知栄子は、なんていけないことをしてしまったんだろうと自分を責めた。


お腹の子を産みたいと思う。彼も産んでいい、結婚しようと言ってくれている。

でも、そのせいで両親を苦しめた。自分の浅はかな行動のせいで。

お父さんもお母さんも、「まだ若い。いくらでもやり直せる。今はあきらめなさい」と言っている。彼のお父さんが、「ふざけるな!!　そんな汚らわしい女とは今すぐ縁を切れ!!」と電話先で怒鳴っていた。

田舎の両親に久しぶりにかけた電話の内容がこんなことで、彼も悩んでいるのが分かる。

私が妊娠したせいでみんなを困らせてる。知栄子は彼に言った。

「迷惑かけてごめんね。私、産むの、あきらめるよ」

彼の肩の力が抜けて安心した表情になっていくのを見て、これでよかったんだと自分に言い聞かせた。みんなのために……。

手術直前の筋肉注射の時間、ナースに呼ばれた場所は新生児室のすぐ横だった。

産まれたばかりの赤ちゃんをガラス越しに見ながら、「私、何やってるんだろう?」と、頭が真っ白になった。

「傷つくのはあなたなんだからね」

そう言いながらナースは注射を打った。


翌日の退院には、お母さんと彼がつき添ってくれた。

帰宅すると、お母さんがベラベラとしゃべり出す。

「さっきの知栄子と同室だった人。斜め向かいの人よ。あの人は、一〇代でできちゃった婚したんだって! ちょうど、あんたと同じ年の時。でも、産んでよかったたって言ってたわよ! その後も二人子供できて、今でも幸せなんだって。よかったよねぇ」

知栄子は泣きたくなったが、平然としているお母さんを見ていると、憎らしさと怒りが込みあげてきた。


(……やっぱり、こんな人の言うこと聞かないで、産めばよかった)

知栄子は、この日の夜から夢にうなされるようになる。

たくさん子供を産んで、その赤ん坊を大きな樽に入れて首を絞めていく夢。子供が丸焦げになる夢。自分の子が乗っているベビーカーが坂道を転がり落ち、目の前でダンプカーに潰される夢。

自分の叫び声や泣き声で飛び起きては、自分の選んだ人生をひどく後悔した。

「なんで私ってこんなダメなんだろう……?」

毎日、自分を責めるようになっていく。夢を見るのが怖くなり、眠れなくなると、日中も体が重く動きたくない。日に日に活力がなくなり、短大も中退することになった。

そんな知栄子に、お母さんはイライラが抑えられない。元気のない顔をしていると、あからさまに嫌そうな声で知栄子の傷に塩を塗る。

「なんなのよ、その顔。いつまでもクヨクヨ悩んでんじゃないわよ。バカみたい!」

毎日が、地獄のように感じた。命を粗末にした自分が許せずに、毎日泣いて過ごしていた。

気力のない知栄子を見兼ねてか、お父さんが突然産まれたての子犬を拾ってきた。

「ほら、知栄子。可愛いだろ〜、名前はお前がつけていいぞ」

ぷるぷると震えている子犬を指差して、知栄子は瞬間的に答えた。

「名前はハチがいい!」

五秒で、子犬は〝池田ハチ〟になった。

「ハハハ。なんだ、ハチって雄みたいな名前だなぁ。こいつは雌だぞ」

「ええ〜、だって〝ハチ〟って思いついたんだもん」

「んー、まあ、いいか。よぉし、知栄子は今日からハチの世話係だ」

「お父さんも手伝ってよねー。あはは、こいつ可愛いなぁー」

久しぶりに、知栄子は笑った気がした。

トラウマからうつ病へ ―知栄子の過去・家庭崩壊―

それから半年。

ハチの世話をすることで徐々に笑顔が増えてきた知栄子は、婦人服のアパレル会社で働くほど元気になっていた。

お母さんは、「一般的なOLをやりなさい」「時間が不規則だからやめなさい」「なんでそんな派手な業界を選ぶの」と、いつも文句ばかり。それでも知栄子は聞き入れなかった。

「お洒落な洋服を着て、お洒落なお店で働けるのは楽しいなぁ」

自分の接客の結果で売上げが伸び、上司に褒められることに喜びを感じ始めていた。

だからこそ「いらっしゃいませ」と、いつでも笑顔で、大きな声で接客に励んだ。

頑張っているところを上司にアピールするためにせっせと働く。ディスプレイ作りや、売り場の商品陳列も、上司の目を気にして褒めてもらう顔ばかりを想像し体を動かす。そんな毎日が続いていた。

知栄子の頑張りは目覚ましく、やればやるだけの数字を叩きだし、毎月前年比を大幅に超える結果を出していった。もちろん、知栄子はみんなに称賛される。

「池田さんのおかげよ」

「うちは池田さんあってのお店だね」

知栄子は、〝ここは唯一私を認めてくれる場所〟と思い込み始めていた。自分の存在意義を初めて感じた職場に依存していく。

ものすごいスピードで昇進していき、入社して一年半で店長を任された。会社の仲間も、友だちも、「すごい、すごい！」と褒めてくれて、知栄子は嬉しかった。

しかし、常に人が自分をどう思っているかを怖がり、様子をうかがいながら仕事をしていることに、知栄子は気づいていなかった。

期待されて店長になったものの、知栄子は自分がどう振る舞っていいのか迷い続けていた。

今までは、自分より上の立場の人たちがいて、知栄子が何か成果を出す度に「すごいね」「偉いね」「よく頑張ったね」と褒めてくれていた。しかし、店長ともなれば、誰も褒めてくれはしない。むしろ自分が誰かに対して「よく頑張ったね」というのが店長の仕事だ。

仕事を誰かに褒めてもらうための場所としか認識していなかった知栄子にとって、これは大きな壁だった。誰のために頑張ればいいのかわからないのだ。

考えれば考えるほど、知栄子は混乱していった。ディスプレイ作り、商品の陳列、在庫の整理、接客……。どれをとっても知栄子は得意なはずだった。

だって、必ず上司に確認をしてもらい、ＯＫをもらって安心していたから。

でも、今は違う。知栄子が指示を出して、最終決断をするのだ。

「池田店長、これでＯＫでしょうか？」

知栄子のスタッフが自分に最終決定を求める。

しかし知栄子は自分の判断に自信が持てない。不安で、不安で仕方がない。

「んんー、いいんじゃない？」

あやふやな返答しかできていない自分の姿が、ますます知栄子の中に焦りを生み出していく。

得意だと思っていた仕事内容すべてが不安の塊へと形を変えていく。

自分は店長なのに、スタッフにうまく仕事を回すことすらできない。

「私、ここで何を頑張ればいいんだろう……？」

知栄子は完全に自分を見失っていた。

「あの……。池田店長、お話があるんですけど……」

だんだん仕事が負担になってきた頃、知栄子は一つ年下のスタッフに店内で呼び止められた。

「ん？　小久保さん、なぁに？」

「……えっと、ここではちょっと……」

「ミーティングルーム行こうか？　店番の子に声かけてくるからちょっと待ってて」

知栄子はほかのスタッフに店番を頼み、ミーティングルームで彼女と向かい合って座った。


（どんな内容でも落ち着いて聞いてあげなきゃ……）


そう思いながら、タバコに火をつけた。

「小久保さん、どうしたの？」

「実は……、私、妊娠したんです」

「えっ。……あっ、ごめん！」

知栄子は慌ててタバコの火をもみ消した。妊娠と言う言葉に、自分でもびっくりするほど動揺した。小久保さんはそんな知栄子には気づいていない。

「大丈夫です、店長。彼も隣で吸ってますし」

「っていうか、これからはどうする予定？」

「はい。結婚することになりました。そろそろ、結婚しようって話は彼としていた時だったので、順番は赤ちゃんが先になったけど、いいきっかけかと思って」

小久保さんの表情に、迷いや不安など少しも感じられない。すごく、幸せそうな笑顔でお腹を撫でながら知栄子に伝えた。

「今、五ヶ月目なんです。それで、まず店長に報告しなくちゃと思ったんです。もし、ご迷惑でなければギリギリまで働かせていただきたいのですが、無理ですか？」

「おめでとう、小久保さん。そっか……。うん……。小久保さんの気持ちは分かったよ。とりあえずエリアマネージャーに報告するね。その時点でいつまで働いてもらえるか返事ができると思うから、二、三日待ってね」

知栄子は必死に平静を装って、笑顔を作った。

「店長ありがとうございます。私、頑張ります。結婚式の日取りが決まったら、またお知らせします。来てくださいね！」

「もちろん」

また、無理やり笑顔を作った。

妊娠……。赤ちゃん……。

忘れていたはずの、二年前の出来事が一気に思い出された。

小久保さんの幸せそうな笑顔を見るのが、日に日につらくなっていく。

（私のことと、小久保さんは何も関係ないのに！　ちゃんと、心からお祝いしてあげたいのに！）

どうしても、自分は産まなかったんだという過去にとらわれてしまい、目の前の小久保さんと自分を重ね合わせてしまう。そんな自分を知栄子は責めた。

当初、小久保さんは、九ヶ月に入る辺りまでは働くという条件でお店に残ったが、妊娠の報告を一ヶ月過ぎた頃からつわりで休みがちになっていった。

小久保さんの休みの穴を埋めるため、知栄子は自分の休日を返上して働いた。小久保さんが出勤できた日は、重いものをかわりに持つように心がけた。母体とお腹の子を心配しながらも、心の片隅で羨ましいと感じていた。そして、自分がやってしまったことを後悔した。

（私は、こんなふうに自信を持って産むって決められなかった……。もっともっと、不安だらけで怖かった。小久保さんはいいよな……。私が、いけなかったんだ。ごめんね、私の赤ちゃん）

大きくなっていく小久保さんのお腹を見る度に、泣きたくなった。

心がはち切れてしまいそうなのをこらえ、知栄子は小久保さんの退職までを必死にサポートした。小久保さんの退職と入れ替わりに、知栄子と同じ年の川島さんという新しいスタッフが入店した。

（やっと、赤ちゃんのこと忘れられる）

そう思った。

知栄子は、販売接客業が初めての川島さんに手取り足取り、一から教えていった。最初は、動きが固くて笑顔も作れなかった川島さんが、徐々に楽しそうにお客様と会話をしている姿を見て、知栄子は嬉しかった。

しかし、ある時を境に川島さんの表情が暗くなり、仕事中にボーッと考え事をするようになったことに気づいた。

知栄子はお昼休憩を合わせて、川島さんと話ができる時間を作った。

「川島さん、お仕事慣れてきたね。そろそろお店入って一ヶ月だもんね」

「……ありがとうございます」

「どう？　楽しくなってきたかな」

「はい……。楽しいです」

「先週くらいから店頭でも考え事したりしてるように見えて、気になったんだ」

「あ……、やっぱり分かっちゃいますか？」

「川島さん、表情に出やすいから分かるよ。何かあるなら、話して？」

知栄子は言った。

「はい……。あの……、今月の生理が来なくて……。まだ分からないんですけど、もしかしたら……妊娠しているかもしれなくて……。でも、彼に話したら絶対に産まない方がいいって言われると思うし、私も、まだこのお店入ったばっかりだから今は産めないと思うんです。親にも言えないし、もうどうしたらいいか分からなくて……」

川島さんはボロボロと涙を流しながら、一人で悩んでいた思いを一気に吐き出した。

まさか、妊娠の話を聞くとは思っていなかった。しかも、川島さんは二年前の自分と似た状況で悩んでいる。

知栄子は、なんとか自分と同じつらい経験はしないように考えて欲しかった。

「妊娠……か……。いつになったらはっきり分かるの？」

「今週末には検査ができます」

「まずは検査の結果を待とうよ。ね？　それでもし、妊娠していたら、それから落ち着いて考えた方がいいよ」

「でも、絶対妊娠してると思います。そしたら、私……産まないです。仕方ないです……」

「ダメだよ！　そんな簡単に考えちゃダメだよ‼」

知栄子は完全に川島さんを自分と重ね合わせて見ていた。


「いい？　川島さん。手術すれば体はまるで何もなかったかのように戻るけど、心の傷はなかなか治らないよ？　今、本当に産みたくないって思ってんの？」

「そうじゃないです……。産めないから、あきらめるしかないじゃないですか……」

「それじゃ川島さんがつらくなっちゃうよ……。彼に、ちゃんと相談してみて。後悔しないのならばいいと思うけど……私は、周りの人のことばかり考えてしまって、自分に自信が持てなくて、手術してから後悔したよ」

「店長も、そういうことあったんですね……」

「うん。すごくつらかった。だから川島さん、よく考えて欲しい」


その日から、自分がしたことを思い出しては胸が痛くなっていった。

（私は、お腹の子に産まれてきてねって、一度は産む約束をしたのに裏切った。約束を破ってごめんね……。私はなんてひどいことをしたんだろう……）

川島さんのことで悩んでいるはずなのに、自分の過去を悔やみ責めることが増えていく。


三日後。

この日、知栄子はお店の電話が鳴る度にドキドキしながら受話器を取っていた。

川島さんがこの休日を利用し、検査結果の報告を連絡してくることになっていたからだ。

プルルルルルルル
「はい、お電話ありがとうございます。……あ、川島さん？」

「店長……やっぱり、妊娠してました」

電話先から、電車の走る音が聞こえる。

「川島さん、今どこにいるの？」

「地元の駅の公衆トイレです……」

「ちょっと。声が震えてるけど、大丈夫？」

「……はい、これから彼と話してきます。大丈夫です」

「……分かった。落ち着いてね。しっかり相談してきてね」

電話を切って、知栄子は思った。

(産んで欲しい)

翌日。


「おはよう、川島さん。昨日は彼とは話できた?」

「おはようございます。はい。話して、産まないことに決めました」

「そんな……。川島さんはそれでいいの?」

「もう、いいんです。決めましたから」

「お父さんやお母さんは?」

「このことは、内緒にします」

「え……?」

「言えないですから……」


これで、本当にいいのだろうか……?

知栄子はなんとか川島さんを元気づけようと接したが、一向に彼女の表情は明るくならない。塞ぎ込んでしまった川島さんの様子が、まるで二年前の自分のように見えた。知栄子は彼女を見る度に、胸の奥がざわついて苦しくなった。そして、手術日を境に川島さんは体調不良を理由に出勤しなくなってしまった。

（あの時の私のように、つらくて立ち直れないんだ……）


知栄子はまた夢を見る。自分が子供の首を絞めたり、水に沈めたりして殺していく夢。

徐々に、眠ることが怖くなる。

お店に出勤しても川島さんのことを考えてしまう。

集中力が日ごと失われていく。

スタッフのことで悩んでいるのか、自分のことで悲しんでるのか、わけがわからない錯乱状態に陥っていった……。


二週間後。

「私ってこんなに頭悪かったっけ？」

シフトや予算の作成など、毎月こなしてきた仕事が何時間かけてもできあがらない。忘れっぽいのか、集中力がないのか、何度も過ぎたところを確認しないと進められないのだ。


（……なんか変だな）

イライラしながら、タバコを吸う。結局、いつもの何倍もの日数を費やした。
店内では、不安と焦りを気づかれないように必死に笑って、スタッフにOKを下す。胃にキリキリと痛みを感じていた。

翌月。
毎月のお店の売上げや店内状況、成果、課題などを本部に提出する報告書に取りかかった時だった。どんなに思い出そうとしても、つい先月のことが思い出せない。知栄子はまた、イライラする。

(なんだろう……頭が働かない。なんか、面倒くさい。……なんでこんなに思い出せないんだろう？　私、おかしくない？)

書類がまだできあがらないからとスタッフに店番を頼み、スタッフルームで頭を抱えることが多くなった。報告書は、二週間遅れで提出。店長就任直後に生まれた不安の塊は、どんどん大きくなり知栄子の心を覆っていく。

その翌月も書類に頭を抱える。そのまた翌月も……。本部からはお店に催促の電話が何回も入る。その度に、知栄子は「すぐに出します」と答える。

しかし、自分が何をやってきたか、お店やスタッフの状態はどうだったのか、必死に思い出そうとするが、何も出てこない。

（……嘘でも、書くしかないよね……）

以前に書いた書類を引っ張り出して、なんとなく利用できそうなコメントをそのまま書き写して提出するようになった。

スタッフたちの前では、しっかりしなきゃ。堂々としていなきゃ。そう思えば思うほど、汗をかいたり手が震えたりと、焦りは表面化してくる。

（目が合って、私が変なのがバレちゃったらどうしよう）

少しずつ、スタッフの目が見られなくなっていく。

（私、絶対におかしい……）

倦怠感が知栄子を襲う。


朝起きられず、寝坊。遅刻。

頭痛・腹痛を理由に早退。体調が悪くて欠勤。

今日は行けると思って電車に乗ると、車内で気分が悪くなり途中下車。そして欠勤。


知栄子はだんだんお店に行けなくなっていった。とにかく体が重いのだ。原因の分からない恐怖と焦りがずっとつきまとう。

人に会いたくない。

私は、何もできない人間。

自分なんか、必要とされない。

消えてしまいたい。

何も考えたくない。

喋りたくない。

目を覚ましたくない。

でも眠れない……。

知栄子はうつ病になっていた。

しかし、誰にも本当のことを言えなかった。

知栄子は、ついにお店に嘘をつく。

「……あ、池田です。お疲れ様です。実は、母が病気になりまして……。しばらくそばについていないと危ない状態なんです」

「え、お母さん大丈夫？　何の病気？」

「あ、えっと、精神的な……。今、精神科に行っていて……」

自分だと言えず、お母さんを理由にしばらく仕事を休むことにした。

家族に嘘をつき、「今日も仕事は午後からなんだ」と、毎日家を出る。

近くの公園や図書館、彼の家で時間を潰しては帰宅をしていた。

一週間。二週間……。

また知栄子はお店に電話をする。

「すみません。まだ、お母さんがよくならなくて……」

三週間。知栄子が彼の家にいる日曜日、携帯が鳴った。画面には、実家の電話番号が表示されている。……嫌な予感がした。

「……もしもし」

「知栄子か？　お前、どこにいるんだ⁉」

お父さんが怒っているのは、声を聞くだけですぐに分かった。

「私、お店に……」

「何を言ってんだ‼　今、店から電話がかかってきたぞ！　お母さんが病気で入院？　そばにいないと危ない？　お前は一体、どこで何をやってるんだ‼」

「……」

「今すぐ帰って来い‼」

帰宅すると、家族全員が揃っていた。

知栄子が嘘をついてしてきたことが、すべてバレていた。

「どうしたんだよ？　俺は、もうお前の考えてることが分からないよ……」

お父さんは肩を落として涙を流した。お母さんも妹も、泣いていた。

「お父さん……私……仕事できなくなってて……どうしたらいいか」

「何を言ってるんだ‼」

「分からないの……怖くて……本当のこと言えなくて……。なんか、何もできなくて……。会社に、行けないんだよ。行かなくちゃいけないいって分かってるんだけど……。私……うつ病かもしれない。……ごめんなさい」

「お前はうつ病なんかじゃない!! うちの家族が精神病になるわけがない!!」

お父さんはテーブルをバンッと両手で叩くと、寝室に行ってしまった。

「お姉ちゃん最悪だよ……」

妹は知栄子を睨みつけた。

「……知栄子、お店に電話しなさい」

お母さんの言葉で、迷惑をかけたお店のスタッフの顔が浮かんだ。もう、仕事は辞めるしかなかった。正直にすべてを話さざるを得ない状況になって、やっと知栄子はお店に自分の状態をさらけ出すことができた。そして、心の底から謝ることもできた。退職はすぐに決定。

その翌日から、家族との距離が大きくなっていった。

お母さんは、買い物に行くと言っては、何時間も帰ってこない。暗くなってからようやく帰ってきたお母さんの目は、泣き疲れて真っ赤になりパンパンに腫れていた。

そんなお母さんを見て、知栄子はぽつりと言った。

「ごめんなさい……。私のせいだよね……」

お母さんはうつむいたまま何も言わない。

かわりに、一緒にお母さんの帰りを心配して待っていた妹の里美が知栄子に苛立ちをぶつける。

「当たり前じゃん！　お姉ちゃんのせいに決まってんじゃん!!」

「ごめん……里美……。私……いない方がいいのかな……」

「そりゃあ、そうでしょ!! お姉ちゃんなんか出てってよ!!　お姉ちゃんのせいで、家族崩壊だよ!!」

知栄子はうつ病になった自分を責めた。


その日の明け方四時、眠れなくて一階の台所で水を飲もうと降りていくと、お父さんが居間でボーっとしていた。

知栄子のことが心配で眠れなかったのだろう。

「おぉ、知栄子。どうした？」

「うん……。お父さん、私やっぱり、どう考えても自分がおかしいと思うの。変な汗もかくし、手もこんなに震えてる。怖くてしょうがない。精神科に行きたいです」

「……分かった」

悔しそうな表情で、お父さんは返事をした。この日から、知栄子の闘病生活が始まる。

初めて行った病院は、近くのメンタルクリニックだった。

診察室には、白髪の六〇代くらいの男性の先生が座っていた。診察を終えると先生は言った。

「池田さんね、あなたうつ病だね。それも重度。自分で分かってたんでしょ?」

「え……。そうだと思って……ここに来ました……」

「何? そんな小さい声じゃ聞こえないよ? 家族とはうまくいってるの?」

知栄子は、悔しそうなお父さんの顔、泣き腫らした顔で帰ってきたお母さん、出ていけ!と叫んだ妹……家族崩壊という言葉……最近の家族の状態を思い出して涙が止まらなくなってしまった。

すると、イライラした様子で先生が言った。

「泣いてちゃ分かんないでしょう!」

その声で、知栄子はパニックになってしまい、顔を両手で覆って声を出して泣き始めた。

「池田さん、とりあえず薬を出しておきますから、一週間これで様子を診なさい。落ち着くはずだから」

追い出されるように病院をあとにした。

(薬で落ち着くんだ……。早く飲まないと。早く楽になりたい)

帰宅するのを待てずに、病院を出て近くの自動販売機で水を買い、一回分を飲んだ。

（早く……助けて……）


薬を飲んで六日後。

知栄子は、何となく薬が効いている気がして気分が落ち着いていた。

（明日で薬がなくなっちゃうけど……、またあの病院に行くのは嫌だな）


急いでほかの病院を探し、予約を入れた。

翌日、新たな病院で診察した先生が言った。

「池田さん、今飲んでいるお薬はちょっと強すぎますね。たしかにあなたは重度のレベルにあたるけど、もう少し弱いのにしましょうね」

今度の先生は、優しそうな女性で知栄子の話もよく聞いてくれた。

（病院、変えてよかった）

しかし新しい薬を飲んで数日後から、激しい恐怖と、押さえきれない焦燥感に襲われ、知栄子は半狂乱を起こすようになった。

頭を抱えて、わけの分からないことを叫びながら家の家具を壊して暴れた。

勝手に涙が出てくる、何かに襲われる、怖い、助けて、死にたい。

しばらく落ち着いていたかと思うと、突然気が狂ったようになる。

自分でも、まったくコントロールが効かなくなっていた……。

「それからは、病院を変えたり、薬を変えたり、でも、一向によくならず、どんどん悪化していきました。リストカットもしました。お酒を飲んで不安や恐怖から逃れようとして……。結局、アルコール依存症になってしまいました。拒食や過食も繰り返しで……。本当につらくて苦しかったです。そう言った状態が三年間くらい続きました。もちろん、この間は仕事なんてできなくて。それから、ようやく少しずつバイトができるようになって。でも、どの仕事に就職しても、続かないんです。疲れて、嫌になって、半年持てばいい方でした。かなり転々として、この前辞めた夜の仕事に辿りついて……。薬を飲まなくても大丈夫になれた日までに、八年もかかりました」

知栄子はマサヨシにすべてを話し終えた。

「そうでしたか、池田さんも貴重な体験をされてきたのですね。どうですか？　今まで見つめることが不安だった過去を話してみられて。どんな感じですか？」

「先生、ほとんどと言っていいくらいに嫌な感じがありません。すごいです。なぜですか？」

知栄子が尋ねると、マサヨシはこんなことを言った。

「池田さん、よかったですね、また一つ手放すことができましたね。自分を深く見つめられたことでさらに浄化できたのです。**実は過去はすべて終わった情報です。過去は今のあなたを苦しめていると思い込んでいるだけなのです。**思い込みだと気づくと、幸せのみが残ります。実は幸せは元からそこにあり続けていたのです。大切なのは今をどう生きるか。今を息して、飯食って、眠れて、起きる。見て、聞いて、話せて、笑えて、泣ける。**我慢しなくても自然にできてることに幸せが隠されています**」

「なんだか、元気が湧いてきました」

「それはよかったですね」

「でも、過去を話してもモワッとはしなくなったけど、まだ私はお母さんのことは好きになれません。ただ、以前ならお母さんのことを考えることも顔を見ることも、声を聞くことさえできなかったけど、ヒーリングのおかげで今は見つめることの恐怖感がなくなったのは事実です」

「それはよかったですね。少し進歩しましたね」

「では八回目のヒーリングを始めましょう。それでは目を閉じて……。」

美容室を出ると、行きたいと思っていた北越谷の神社に行くことにした。前にインターネットで見つけたのでお気に入り登録していたからだ。歩いて一五分。

鳥居をくぐると、木々の大きさからも歴史を感じる佇まいが妙に知栄子の心を落ち着かせた。池の周りにはいくつかの神殿が建ちならび、それを一つずつ知栄子は参拝して回った。

知栄子はふと、母のことを思った。

知栄子の父は七年前に病気で急死した。妹は外国人と結婚して海外に嫁いでいる。だから母は、知栄子が一人暮らしを始めてからは、父が遺した一軒家に一人で生活をしていた。ほかに家族がいないからだろうか、母は食事を作ることをやめ、アルバイト先のコンビニで売れ残った弁当をもらい、それを食べる毎日を繰り返していた。

三ヶ月前には両胸に癌が見つかり、二ヶ月前に手術を終え、抗がん剤と放射線治療を繰り返している。しかし知栄子の母は、店長を任されているコンビニの仕事を、治療をしながらも一度も休みを取らずに働いているのだ。

そんな母のことを心配して、何度か今までの過去を改めようと、知栄子からコミュニケーションを取ろうとは試みたが、いつも会うと喧嘩になる。お互いの主張を通そうと意地を張ってしまうのだ。

（私はなぜお母さんの子供で生まれてくることを選んだのだろう？）

以前に何かの本で、母親は自分で選ぶという書籍を見たことがある。知栄子は神社を歩きながら、その答えを見つけようと心の中を見つめ続けた。

トラブルの相手は自らの写し鏡

「こんにちは～」

「今日の池田さんは少しエネルギーが違って感じますね。パワースポットでも行かれたんですか？」

「やっぱり先生はすごい‼　実はこの間、神社にお参りに行ったんですよ」

知栄子は言った。

「神社は気持ちいいですよね。この辺りだと久伊豆神社が有名ですが？」

「その通りです。有名なんですか？　インターネットで探したらその神社の説明が出てきまして、そこに迷わず決めました」

「参拝で何か願い事をされましたか？」

「はい。幸せが早く見つかりますようにと、お願いしてきました」

「ところで、なぜ神社の神棚には鏡が飾ってあるのか知っていますか？」

「あっ……そういえばありました鏡が。でもなぜですか？」

「それは鏡写しに自分を見つめなさい、という表れです」

マサヨシは答えた。

「答えは自分の中にあるからですか？」

「そうです。人間には自我が存在します。以前も話しましたが、相手を見て自分の悪いところ、エゴを見つめることが必要でしたね。**相手の取った行動にイライラするということは自分の中に同じものが潜んでいるからイライラとして反応するのです。**もし自分が相手の行動を見て自分の中に同じものが存在しなければ、逆に新鮮に感じるでしょう。不思議だとか、そういう考えもあるんだな～って感じるはずです」

「たしかにそれ分かります。私も身に覚えあります。友だちとか、お母さんとか……」

「そうですね。相手のとった行動を批判する前に、相手が自分に何かメッセージを送ってくれていると感じることが必要です。相手を鏡写しにすることで自分を知ることが大切なのです」

「なるほど。答えは自分の中にすべて存在しているんですね」

「それでは九回目のヒーリングを始めたいと思います。それでは目を閉じて……」


知栄子はヒーリングを終えて、母が勤めるコンビニに向った。コンビニの二軒隣のスーパーに立ち寄り、今日は母のために料理を作ってあげようと、ちょっと豪華な食材を買い揃えた。

そして、コンビニの窓から手を振って合図をした。

お母さんが知栄子に気づいて中に入るように手招きしたので、中に入ることにした。

「あんた、少し手伝える？」

「え〜、う〜ん。しょうがないな〜」

「いらっしゃいませ〜。早く着替えてそっちのレジお願い」

「分かったよ〜」


……二時間後。

「お疲れ様、知栄子」

「ようやく終わったね。お疲れさん。お母さん、またお弁当持ち帰ってきてる～。この前病院の先生にも食事に気をつけるよう指導されてたじゃん。今日は私が作ってあげようと思って食材買ってきたからそのお弁当捨てちゃいなよ」

「もったいない、バカなこと言わないの、私はこれ食べるから、あんた買ってきた食材は自分で持って帰りなさい」

「何言ってんの～。そんなことばかり毎日してるから癌になっちゃうんだよ。そもそも廃棄するお弁当を持って帰ったらダメなんでしょう」

お母さんは大きな声をあげた。

「いいの。食べ物を捨てられるわけないでしょう‼　私のことは、放っておいてよ。自分の体だからどうなったってあんたに関係ないでしょ！」

「じゃあ、いいよ。好きにすれば‼　もう知らない‼」

タッタッタッタッ……。お母さんに背を向けると、知栄子は駅に向かい歩いていってしまった。

知栄子はいつ「ごめん分かったから」とお母さんが言ってくれるかと思いながら歩いていたが、とうとう駅に着いてしまった。駅に着いた知栄子は切符を買い、携帯ばかり気にしていた。お母さんからの謝りのメールが届くかと思い、何回も受信画面をチェックしていたのだ。

「まったく、ほんっとに頑固なんだから。謝りメールさえ来れば、すぐに戻ってあげたのに。バカな人。もう二度と作ってあげないんだから‼　あんな人、癌で死んじゃえばいいんだ‼」

その時、マサヨシの声が聞こえた気がした。

《心浄術を受けた人の思考は現実化します。いいことも、悪いことも、引き寄せるのです。》

「ごめんなさい！　今のは嘘です‼　神様‼」

知栄子は、結局自分の部屋に帰って来た。

「はあ〜〜、どうしよう、こんなに買っちゃって。一人じゃ食べきれないよ。冷凍庫もパンパンだし」

ピンポーーーン♪

「はぁ〜い（きっと、お母さんだっ）」

知栄子は勢いよくドアを開けた。

「おかあさ……。あ……啓介……」

「いい？　中入って。ちょっと話がある」

「うん、いいよ。私も話があったから」

啓介は中に入ると、ソファに腰を下ろした。

「啓介、ご飯食べた？」

「ん、まだ」

「食べてく？」

「うん」

知栄子は台所で鍋に火をつけお湯を沸かし始めた。

「……やっぱ、俺いいわ。用件だけ話すね。あれから色々考えたんだけど、俺たちやっぱり別れた方がいいよな？」

知栄子は火を止めて啓介の前に座った。

「実は私も、同じこと考えてた……。私、たぶん、寂しかっただけだと思う。ごめんね、啓介」

「なんだ、お前も同じこと考えていたのか。俺、今の建築の仕事うまくいってないし。お前のこと喜ばそうと思って、いつも見栄ばっかり張ってたんだと思う。正直、疲れちゃったんだよね。わりいな」

「ううん、私こそごめん。私、資格取ろうと思って」

「そっか。まぁ、頑張れよ。お前なら何とかなるよ。んじゃ、帰るわ」

玄関まで歩いた啓介が振り返った。

「でもなんか、お前、雰囲気変わったよな。じゃ」

啓介の番号が、知栄子の携帯から消えた。

過去生での母との約束

「おはようございます」

「おはようございます。ところで一週間どうでしたか？」

「私、二つ手放しました。お母さんと彼です」

「んん？　お母さんを手放した？　それはどういうことですか？？」

マサヨシが尋ねてきた。

「もう、親子の縁を切ったんです」

「ほう。それは大胆ですね」

「先生、聞いてくださいよ～！」

マサヨシはそのあと二〇分間も知栄子の愚痴を聞かされることになった。

「オホンッ……そろそろ、話してもいいですか？」

「……あ、すいません。でも、こう言っていながらも実はお母さんのことが気になってしょうがないんです。お母さんはどう思ってるんですかねぇ……私のこと……」

知栄子は言った。

「もしよろしければ、池田さんをリーディングしてみましょうか？　生年月日とお名前を教えてください。……。なるほど、まずは今のお母さんの気持ちは池田さんの気持ちと鏡写しです。つまり、池田さんが思っていることと同じことをお母さんも思っているのです」

「なんで私、お母さんの子供に生まれたんでしょうか？」

「それは、過去生が影響しております。池田さんたち二人は、現生で親子の関係が逆転したんです」

「え、それってどういうことですか？」

「過去の池田さんが、過去のお母さんの母親をしており、お母さんは池田さんの子供でした」

「え〜？　そんなことってあるんですか？」

「もちろんありますよ。その時母親だった池田さんは、お母さんのことを育児放棄したんです。それが現生でカルマとして課されています。きっと、その時のお母さんの気持ちはつらかったんでしょうねぇ。そして、二人はすごく性格が似ています。お互い頑固なところがね」

「先生、カルマってなんですか？」

「はい。**過去に犯した自分の罪が、学びとしてもう一度自分に降りかかってくることをカルマ**

と言います。それともう一つ、彼を手放したと言いましたがお別れをしたということですか？」

「はい、そうです。昨夜、彼が家に来まして、彼から別れを告げられました。彼も同じ気持ちだったんですね。これって偶然ですか？」

「恋人同士は、お互いが成長して学ぶために出会っています。あなたが成長のために、手放そうという気持ちが彼にも伝わり、顕在化されたのです。

また、お母さんとの出会いも、お互いが成長し合うために、今親子として現生を生きているのです。彼とは別れることができても、親子と言うものは、どこまでいっても親子ですから。学びは一つです。親子関係を修復してください。

それがあなたの二〇回のヒーリングが終了するまでの宿題です。まずは、来週までにお母さんとの思い出の中で楽しかったこと、感謝したことを最低一〇個書いて提出してください。よろしいですね？」

マサヨシはそう言った。

「……はい。がん……ばります」

「それでは一〇回目のヒーリングを行います。それでは目を閉じて……。」

宿題出されちゃったけどどうしようかな？　この前の一件で自分から謝るのは嫌だし。私、何も間違ったこと言ってないし……。お母さんのこと思って忠告してあげたのに、自分のことばっかりで自分本位なのはお母さんだし……。

マサヨシのリーディングの記憶が知栄子の脳裏をかすめた。

《池田さんは過去生で、今のお母さんの母親でした。その時、育児放棄をしたんですよ。あなたの子供だったお母さんはつらかったんでしょうね》

育児放棄か～。私はお母さんに育児放棄はされなかったな～。どちらかと言うと、かまいすぎでうるさかったなぁ～。いちいち口出しして、もう少し信用して欲しかった。

知栄子はさらに考え続けた……。

お母さんはうざいくらい、私のことを気にしていたということは私は愛されていたということなの？　私は育児放棄したのに、お母さんは私と真逆のことをしている。なんでだろう？

マサヨシの声が思い出された。

《お母さんと池田さんは鏡写しなんですね。お互いの頑固さを気づくために、切っても切れない親子関係にあるのです。そして、今、お互いが選び学んでいる最中なのです。それが現生での学びです》

子供が親から無視されて、放っておかれたらどういう気持ちなのかな？

きっとつらくて悲しくて寂しくて、育てて欲しくてしょうがなくなるはず……。私はお母さんに育てられて、かまわないで欲しくて自由を求めていた……。

今回の私の学びって何なのかな？ 私にうるさく教育してきて、私は嫌だったということは、お母さんは自分が育児放棄されたことを許すために自分がして欲しかったこと、かまって欲しかったことを私にしている？

ちょっと待って……。

そっか。お母さんも自分がかまって欲しかったから、自分が過去にして欲しかったことを私にすることで伝えたかったんだ。育児放棄はつらいよ、悲しいよ、寂しいよって。そうすると私はどうなんだろう？

かまわれすぎてきたことで、お母さんにしてしまったカルマを解消してるんだ。私が過去でお母さんに教育と育児を放棄していなければ、現生で今のような経験をしなくてもよかったのか。育児放棄という心の体罰を、私は現生で肉体の体罰で同じく受けているんだ。そうすることで、お母さんにしてしまったことの大きさを感じ取っているんだ。

お互いの頑固さを見つめ合い、自分の頑固さを改めるために私たちは切っても切れない親子関係を選び、やり直す約束をお互いあの世でしてきたんだ。

でもお母さんが私にしたことははっきり言って虐待だし……。

あ〜なんか頭の中が分かりそうで分からないな……？　先生に聞いてみよ‼

知栄子はそんなことを考え続けていて、マサヨシから出されたお母さんへの感謝を見つけ出すという宿題をできないでいた。

そして一週間が過ぎた。

どんな相手でも感謝の気持ちは持てる

「おはようございます」

「はい。おはようございます。今週はいかがでしたか？」

知栄子はいつもの挨拶を済ませると、マサヨシに謝った。

「はい、まだ先生からの宿題はできていません。すみません」

「では、見つめられませんでしたか？」

「はい。お母さんへの感謝を探そうとすればするほど、先週、先生がおっしゃっていた過去でのお母さんとの関係を考えてしまいまして……」

「素晴らしい。それでいいのですよ。**何かを見つめて実行する際に何かが妨げになっていることを知る。それを見つめて理解できた時に先に進めるのです。**すなわち、お母さんへの感謝をするには現在問題になっていることを手放す必要があったと言うことです」

「じゃあ先生は最初から私が悩むことを知ってたのですか？」

知栄子は尋ねた。

「悩むというよりも、池田さんがその問題を見つめることになるのは知っていました。まだ悩むと感じるには、残っているトラウマの影響が強いからです。頭で理解できてもそれができないから、ヒーリングを受けに来られているんじゃないのですか？」

「たしかにそうでした。先生、何となく過去の影響を私なりに感じてきたので、聞いてみてもいいですか？」

「はい、どうぞ、なんなりと聞いてください」

「ありがとうございます。実はお母さんが私に今までしてきたことを、私はどうしても許すことができないんです。過去生での育児放棄をしてしまったことは、この前先生に聞かされて頭では理解できたつもりです。でもどうしても、許せないのです。どうすれば母に感謝できるのでしょうか？」

「それは簡単です」

「また、簡単なんですか～～？　簡単じゃないです～‼」

「お母さんを許すのは難しいことだと思い込んでいるだけです。お母さんに感謝するというのは、今、池田さんが幸せかどうかを見つめればいいだけです」

「幸せはたしかに今は以前よりかなり感じられるようになりました。でもそれがお母さんへの感謝と、どう繋がるのですか？」

「あなたが幸せを感じられるのは、お母さんがあなたを産んでくれたから。この事実は生涯変わることは無いのです。今日ヒーリングを受けに来られているのも、美容室でエクステをつけられるのも、恋愛、出産、子育て、好きな仕事をすることも、今、息をしてることすらも、お母さんあってのことなのです。答えはそこにあります」

「先生は、おばあちゃんに育てられたのですよね？」

「はい。そうですよ」

「先生は感謝の気持ちを伝えられたことはあるのですか？」

「祖母には伝えることはできたと思います。あれは今でも心に深く記憶しています。忘れもしないそれは東京に上京する日でした……」

ばあちゃんへの思いを残して　―マサヨシの過去・祖母への置き手紙―

高校卒業間近になるとマサヨシは進路が決められずに、悶々とした日々を過ごしていた。進学はもともと考えていなかったが、就職先が決められないでいた。

ただマサヨシは、強烈に感じていた。

「福井を出たい。そして、東京の大都会で自分を試してみたい」

しかし、この強い思いを決断できない大きな理由がある。マサヨシを『九人目の子供』だと言って、深い愛で今まで育ててくれたばあちゃんの存在だ。

ばあちゃんをこの家に一人残すなんてできない。自分の思いなんてあきらめて、福井でばあちゃんと生活していこうか。

いや、やっぱりこのまま福井で終わりたくない……東京で仕事がしたい。最初からあきらめて人生を決めつけてはいけないと空手の先生も言っていたし。そうだ、僕もそう思う。

ダメだ。やっぱりばあちゃんと離れたくない。

あきらめる気持ちも大切だ。こんな田舎町にばあちゃんを置いては行けない。僕がいなくなったら、ばあちゃん一人で死んじゃうかもしれない。

だけど。だけど……。


大都会東京で働く自分をイメージすると、心がワクワクするのが分かった。

でも、そのために大好きなばあちゃんと離れるのは、考えるだけで悲しくて寂しくて、どうしようもなくなってしまう。マサヨシは夜も眠れないほど悩んだ。自分との葛藤を毎日繰り返した。それでも答えが見つからず、ある日友だちに聞いてみた。

「お前、高校出たら何すんの？」

「じゃあお前はどうすんだ？」

逆に聞き返され素直に答えてみた。

「東京に行って、自分に何ができるか試してみたいと思ってる」

「お前、歌うまいもんなー」

たしかにマサヨシの歌唱力は、地域で開かれるのど自慢大会では毎年優勝するほどの実力があった。周りの大人たちも、田舎の集まりがあると「おいマサヨシ、得意の歌うたってくれやー」とその声を聞きたがった。歌い終わると、大満足のギャラリーはお小遣いを渡して喜んでいた。

マサヨシも、歌には自信があった。

『東京で歌手を目指したい』

そんな思いが心の中に一気に芽生えた。

芽生えた思いは、叶えたい夢となってどんどん膨らんでいった。


そんなある日、ひょんな会話からばあちゃんと口喧嘩となった。

その時、マサヨシは決意を固めたのだ。この機会を逃したら一生福井の田舎で終わってしまう。もちろんマサヨシの心を育むうえでは福井でのばあちゃんとの生活はこのうえない財産となっていた。

喧嘩が原因なんかで決めたわけではない。何かのきっかけがないと決断できなかったのだ。

親愛なるばあちゃんとの別れは一生ではなく、夢を叶えていつかばあちゃんを迎えに来るんだ……。くじけそうになる心に鞭を打ち、福井脱出計画はその日の晩に決行された。

そして、ばあちゃんの枕元に手紙を置いた。

ばあちゃんへ
ばあちゃん、驚かんと最後までこの手紙を読んでください。
この手紙をばあちゃんが読む頃には、僕は東京行きの新幹線の中です。ばあちゃんの顔を見ると、どうしても今日のことを言えずにいました。

四歳の頃、東京から一緒にこの家までついてきて、ばあちゃんと今日まで過ごした福井での生活は僕にとっての大切な思い出です。

ばあちゃんに本当は手紙なんかじゃなく、ちゃんと賛成してもらってから、今日の日を迎えたかったたんやけど、毎日ばあちゃんの顔見てたら、とうとう言えんかったよ。

だって今日の日のことを考える度に思い出すのは、ばあちゃんとの楽しかった日々の思い出ばかり……。

小さかった僕が夜眠れない日は決まって背中におんぶして、月を見ながら子守唄を歌ってくれたよね。あの時すごくばあちゃんの背中あったたかくて、安心したなぁ。

おじいちゃんのお墓参りに来た時、初めてこの家に泊まった日のこと覚えてる？ おじいちゃんとの昔話や、お母さんが小さかった時の話を聞かせてくれたよねぇ。

初めて自転車の補助輪を外す時もいつもそばで「がんばれ、がんばれ」って応援してくれて、自転車乗れた時、ばあちゃん感動して涙流して喜んでくれた。ばあちゃんいつもおおげさなんやもん。

小学生の運動会の時、昼のお弁当の時間になってもなかなか来ないから、いつも冷や冷やしてたよ。でも、ばあちゃんは特製弁当を、食べきれないくらいめちゃめちゃ作ってきてくれて……ほんまにうまかったなぁ……。「ばあちゃん遅いよー」って文句ばかり言ってたけど、ごめん……。ばあちゃん足が痛いのに、カートを押しながら一生懸命運動会を見に来てくれていたのにお礼を言うてなかったね。ありがとう。

初めて空手で優勝した時。「うちの子が優勝したんや！」って近所に賞状とトロフィー持って自慢しまくって。あの時めちゃめちゃ恥ずかしかったけど、内心すごく嬉しかったんやでぇ。

バスで行った子供会の旅行の思い出、旅行先で僕が迷子になって、あの時、ばあちゃんに叱られたけど、心から愛されてると感じた瞬間でした。

初めて無断外泊して家に帰らんかった時、一日中寝ないでずっと僕を待っててくれた時も……ごめんよ……。

ばあちゃんとの思い出がたくさんありすぎだよ。

ほんとはこのまま永遠に、ばあちゃんといることは幸せだと今も思ってるけど……。ばあちゃんを残して行くことを考えるだけで、涙を抑えられんようになる……。「男は親が死ぬ日まで涙はとっておくもんや」……だったよね……。

頭の中と心の中に浮かんでくるのは、ばあちゃんとの楽しかった思い出ばかりで……。今日ばあちゃんと久しぶりの喧嘩をしたけど、それで家を飛び出したんじゃないからね。

僕には夢があって、小さかった時に、ばあちゃんと約束した夢です。

「歌手になってばあちゃんを楽にさせてあげる」と僕が言った夢をばあちゃんは覚えてる？

あれから歌手になる話をばあちゃんにする度に、決まって歌手なんかダメやーってばあちゃん反対してきたよね。

なんでも僕の言うこと理解してくれていたばあちゃんだったけど、「お前もお父さんと同じ運命たどるのか！」って叱られた時からばあちゃんにその話、言えんようになってしまって……。

でもなぁ、ばあちゃん。僕、ばあちゃんのことメチャメチャ好っきやけど、自分の夢にチャレンジしてみたいんよ。ごめんよ。ばあちゃん……。

少しの間だけ我慢してくれるかなぁ？　僕がこの家にいなくなって寂しいやろうけど、必ず迎えに来るから……。

今まで育ててくれて本当に本当にありがとう。

今度は僕が立派になって親孝行する番やから。

風邪引いた時は周りのおじさんたちにちゃんと見てもらうんやで。

カートを押して歩く時は、足元に気をつけて歩くんやで……。

ばあちゃんまた必ず逢いに来るから、必ず生きとってよ。必ず……必ず迎えに来るから。

最後に言いづらいねんけど、仏壇から三万円借りました。

必ず返します。それと、落ち着いたら電話します。

ばあちゃんの九番目の息子マサヨシより

マサヨシは涙が出そうになるのを必死にこらえ続けた。

枕元に手紙を置くと、ばあちゃんを起こさないようにそっと四歳から育った、思い出と親しみの染みついたボロ家に背中を向けて歩き出した。


東京へとマサヨシは出発した。敦賀から米原に向かう景色は、いつもよりひときわ新鮮に感じられた。

窓を少し開け、靴を脱ぎ、向かいの四人がけ椅子に足を伸ばした。そして、くつろぎながら少し眠りについた。

一瞬深い眠りについたかと思うと、米原までの一時間があっという間に過ぎていた。この日までの緊張と不安が一気に解放され、少し気持ちに落ち着きを取り戻していた。米原駅で新幹線に乗り替え、席に着くと、なんとなく頑張れる気がしてきた。


「よーし、ばあちゃん待っててくれよな。絶対成功して迎えに行くから」

ようやく寂しさが和らぎ、やる気が出てきたマサヨシは「あ、すみません、アイスクリーム一個ください！」と新幹線ガールを呼び止めた。

ふたを開けて食べようと思った瞬間、「マサヨシ本当にこのアイスクリーム好っきやなー」

とばあちゃんの声が聞こえた気がした。

『ばあちゃん、ばあちゃん、アイスクリームおいしいねー』

東京で生活していた頃、ばあちゃんの帰省に必ずついて行っていたマサヨシは、ばあちゃんと食べるこの新幹線アイスクリームが大好きだった。足をブラブラ揺らしながら、ばあちゃんの横で食べるのが大好きだった。嬉しそうな顔で隣に座っていたばあちゃんの顔が浮かんだ。

「…………」

マサヨシはアイスクリームを持ったまま、肩を震わせて泣いた。

「ばあちゃん……。ホンマにごめんよ……」

「池田さん、どうしましたか?」

「だって～先生、ティッシュいただいていいですかぁ? なんか切なくて、悲しくて、でも先生頑張っておばあちゃんに伝えられたんだなぁって思ったら感動して……涙が止まりせぇん。ふ～～～～～～ん。ぐしゅぐしゅ～～。ゴミ箱どこですかぁ?」

「はい、ここに捨ててください。それも感性が高まったからでしょうね」

「では一一回目のヒーリングを始めたいと思います。それでは目を閉じて……」

知栄子はマサヨシがばあちゃんに宛てた手紙の話を聞き、今までお母さんに対する感謝の気持ちが持てなかったことについて深く自分の内面を見つめた。

お母さんは私に無関心では無かった。愛情が強すぎたから、伝えたいことがたくさんあったから、私はそれを愛情として受け取れなかっただけだった。今になって考えてみれば自分の受け取り方にも原因を感じる。子供を憎くて叱る親はいない。

知栄子はトラウマを解消することで、自分の内面の思考が大きく変化したことに驚きを隠せなかった。たしかに知栄子のお母さんが知栄子にしてきた行動そのものはインナーチャイルドを形成する原因のお手本のようである。

しかし過去を終わったこととして受け止め、思考に執着しない心の状態に大きく変化したからこそ、一見ネガティブと感じられる情報すらポジティブにとらえられるようになったのだ。

人間の長所と短所は紙一重である。そこに気づいたからこそ、とらえ方も大きく変わることができたのだ。

知栄子はこの一週間、お母さんとの思い出を見つめた。心浄術効果により不幸と感じた出来事も、幸せなことも自分で引き寄せたことを理解できるようにと変化した。

そして一週間が過ぎた。

エゴを手放せば、感謝があふれ出る

「おはようございます。池田です」

「おはようございます。だいぶトラウマ層が小さくなりましたね。今週は変化を大きく感じられるようになっていませんか？」

マサヨシは尋ねた。

「先生、そうなんです。先週とは思考が大きく変化していまして、なんかイライラすることがまったくなくなりました。冷静に頭の整理ができている感じがあります」

「たしかにおしとやかになられましたね。話は変わりますが、宿題はできましたか？」

「はい。お母さんに対して私は色々と過剰に反応していたと思います。書いてきましたので見てください」

マサヨシは知栄子からお母さんへの感謝を書いた用紙を受け取り読み始めた。

一　私に合った才能をお母さんなりに理解していたからこそ、ピアノやバレエは反対した。もしやりたいのなら、大人になってからでもやればいいと思います。でもピアノは今からでも習ってみたいと思いますが、バレエは今考えるとやらなくてもよかったと思えます。

二　私、料理が得意なのですが、これは本当にお母さんに感謝しています。

三　お母さんは教育熱心だったと思います。周りに負けさせたくないから、その表れが他人と比べてしまった。お母さんもトラウマはあるし、仕方ないと今は感じています。でも五体満足に産んでくれただけで感謝です。

四　挨拶の大切さを教えてくれたことに感謝しています。

五　いつもお裁縫や手作りのセーター、ワンピースを愛情込めて作ってくれました。感謝しています。

六　私が落ち込んでる時はそっとしてくれていました。それもお母さんの優しい心遣いだったと感謝しています。

七　今、私が生きていることはお母さん、お父さんが存在していたからこそです。心から感謝します。

八　私が風邪を引いた時は優しく看病してくれました。感謝しています。

九　仕事の大切さを行動で見せてくれました。お母さんは病気でも弱音一つこぼしませんでした。勇気と忍耐力を教えてくれたと思います。

一〇　私を成人するまで育ててくれました。感謝しています。
一一　私はいつでも苦しいと逃げてしまう癖があります。過去生を知り、自分を見つめなおした今の私にはそれが分かります。問題の原因は自分だったとお母さんは気づかせようとしてくれていたと思います。心から感謝します。

「池田さん、よくご自身を見つめられてきましたね。自分を認めるうえでも自分の誕生の原点であるお母さんに感謝ができれば、この先は自分のエゴを手放すうえで大きく前進できると思います。どうですか、心の中が晴れ晴れしく感じてきませんか?」

「はい、ありがとうございました。先生のおかげです」

「ところで池田さん」

マサヨシは言った。

「はい」

「先日お母さんと喧嘩したのは仲直りできたんですか?」

「いいえ。なかなかきっかけが見つからないんですよ」

「そうですか。自分の気持ちに正直になればいいだけですよ」

「そうですね。分かってはいるんですけどね」

「まぁーいいでしょう」

「先生、もう少しだけお時間いいですか？」

「大丈夫ですよ。何か？」

「私は今メンタル心理士にワクワクできたから、これを仕事にできたら嬉しいと思っているのですが、先生は美容師とかヒーラーのお仕事にもちろんワクワクされているんですよね？」

「はい。この仕事は自分の天職ですから、日々が最高に幸せですよ」

「たまたま始めた美容師なのに？」

「きっかけはたしかにそうでしたね。でもワクワクに気づける瞬間があったのです。今の池田さんと同じようにね」

「いつ？ どこで？ どんなふうに？」

「聞きたいですか？ しょうがないなー」

人気美容師の多忙な日々と望郷の思い ―マサヨシの過去・帰郷―

東京で生活を始めて一週間。

見習いのマサヨシには、たくさんの仕事が任されていた。誰よりも早くに出勤をして、まずはお店いっぱいに干されたタオルの回収。そして店内の掃除、店外のガラス拭き。

悲しかった福井との別れが、たった一週間なのに今では遠くに感じられる。

「岡本君、なかなか呑み込みが早いんじゃない」

「ありがとうございます」

シャンプーのテストも合格し、マサヨシはようやく美容師の仕事の楽しさを感じ始めていた。

入社してから光の速さのように一年が過ぎ、マサヨシは翌春には美容学校に無事入学した。講義を終えると、急いでお店に出社するハードなスケジュールをこなした。

そして美容学校卒業と同時に東京駅の美容室を円満退社した。

その後、転職先の東京渋谷の有名美容室では、スタイリストとしての日々を送っていた。マサヨシが勤務している美容室は、TVや雑誌の取材にと毎日体があと三つくらい欲しいと考えるほどの繁盛店だった。営業時間中は外に予備席を出して、お客様の行列に追われてる毎日。

マサヨシは、なかなか福井に帰れずにいた。

田舎に帰りたい、ばあちゃんに逢いたいという気持ちが募ってきた。東京に上京してきてから早三年の月日が経っていた。この年は、店の店長も気持ちよく大型の連休を与えてくれたので、思い切って夢にまで見た福井の帰省を決断したのだ。

福井に向かう新幹線の中では、苦しかったばあちゃんとの別れが頭の中を駆け巡る。

（ばあちゃん元気にしてるかな？　きっとばあちゃん嬉しくて腰抜かすんじゃないかな）

顔をニヤつかせながら不安と期待が入り混じり、胸がはち切れそうになっていた。

家路までの道を歩いていると、学生時代の思い出が蘇ってくる。そして、マサヨシは夢にまで見たボロ家の前に立ち尽くした。

「ああ……懐かしいなぁ……。そう、ここ、ここ。この扉。そしてこの匂い」

一度、大きく深呼吸をすると、ドアをそっと開けてみた。

「ばあちゃんただいま！　……あれ？」

中に居たのはばあちゃんではなく、何やら作業をしている幸子の兄、おじさんだった。懐かしのばあちゃんとの思い出の家は、見事に物置きへと変わっていた。

「あのー。すみません……」

「おお、懐かしいなー。マサヨシかい？」

「はい。マサヨシです」

「おー、立派な青年になったやないかー」

「はい。ご無沙汰しています」

「東京で美容師してるんだってー？　こんな田舎を出てお前正解やー」

「あのー……ばあちゃんは？」

マサヨシは尋ねた。

「おおっ、お前に伝えてなかったなー。婆さん少しボケが出ててなー。兄弟みんなで話しおうたんやけど、老人ホームに入れるのがいちばん婆さんのためやちゅうことになってなー。小浜のホームにおるんやわー」

マサヨシは誰もばあちゃんの面倒を看ていないことにすごく腹が立った。

上京してから、親戚のおじさんには、ばあちゃんの様子を何度も電話で確認をしていた。その時は周りにたくさん兄弟たちがいるから心配しなくても、みんなで親の面倒は見るから安心していいと聞かされていたのだ。

安心しきっていただけに今事実を知り、動揺が隠せなくなっていた。

（冷静にならなきゃ。落ち着け）

自分に言い聞かせた。

「おじさん」

「うん？」

「今日、ばあちゃんに逢えますか？」

「おう。今から車で送ってやるから安心せえな。ちょっと待っとれよー」

おじさんは自分の家に車を取りに行き、マサヨシを助手席に乗せると、ばあちゃんがいるホームへと車を走らせた。車内では、ばあちゃんをホームに入れた言い訳を山のように聞かされたが、「兄弟が七人もいながら、親の介護もできないんだ」と心の中で思っていた。


しかし自分も九人目の子供なのに、今はそれができていない。

心が破裂しそうな気持ちを抑えながら冷静を装った。

「マサヨシ。美容師の仕事は楽しいか？」

「はい。楽しくやっています」

返答はしたものの、心ここにあらず。

「おじさん、僕、今着いたばかりで少し疲れてて。少し眠っていいですか？」

「おう。少し眠った方がええわ。着いたら起こしてやるから」

決して眠かったわけではなく、目を閉じていたかっただけだった。おじさんの質問に、いつもの自分らしく答えられる自信が無いので、寝た振りをして時が過ぎるのを待ちたかった。

（ばあちゃん寝たきりなのかなぁ？ もしかして命に関わる病気とか？）

頭の中でよくない妄想が続く。助手席の窓ガラスからボーっと外の景色を眺め一時間が過ぎた頃、ようやく小浜市に入った。

「マサヨシ。あれが婆さんのおるホームや。中もきれいにしとるし、婆さん幸せやでぇ」

一瞬マサヨシは背伸びをして「んー……よく寝た。おじさんありがとう」と答えた。

建物の玄関をくぐり、受付を済ませると廊下の長椅子に腰かけている老婆がすぐさま目に飛び込んできた。

夢にまで見たばあちゃんがこちらを見ていた。

マサヨシはスリッパも履かずにばあちゃんに駆け寄ると、ひざまずいた。そして、ばあちゃんの胸に顔をうずめ肩を震わして泣いた。

「ばあちゃん。マサヨシだよ。覚えてるかい？」

ばあちゃんは顔をじっと見つめ、涙を浮かべながらマサヨシの頬を優しく撫でた。

「マサヨシかい？ ばあちゃんに逢いに来てくれたんかい？」

「そうだよ。マサヨシだよ。ばあちゃん。ようやく逢いに来たよ……。ばあちゃん……一人にしてごめんよ。寂しかったたねぇ？」

「ばあちゃん寂しくなんかないでー。ぎょうさん友だちもここにはおるし」

会話をじっと聞いていたおじさんが目をまん丸くして呟いた。

「婆さん、マサヨシのことになるとボケへんのやなー」

すると斜め前からその様子をうかがっていたおばあさんが、こちらに歩み寄り隣に腰かけた。

ばあちゃんと同じくらいの年齢だ。

「あんたがマサヨシさんかぃ……？」

「はい。岡本マサヨシです。祖母がお世話になっています」

「そう……」

するとそのおばあさんは「よかったねー岡本さん」とばあちゃんに言った。

「あんたのおばあちゃん、いつもあんたの話ばかりしとるんやでー。東京に末っ子の息子がパーマ屋さんの修行に出てるんやーって。毎日毎日聞かされたわぁー」

「えっ……？」

「ここに岡本さんが来てから、あんたの話をしない日は無いんよぉ。よっぽど可愛いんやなーって思ってたんよぉ」

マサヨシの涙が頬を伝い、ばあちゃんの手の甲にポタポタと落ち続けた。その日は時間が許すまで、ばあちゃんとの時間を満喫し、東京に帰るまでの一週間、毎日ホームに通い詰めた。


東京へ帰る日が来た。

マサヨシは、ばあちゃんに今の思いを伝えた。

「ばあちゃん。いつになるかはまだ分からんけど、いつか東京で暮らそうよ」

「………」

ばあちゃんは一瞬考えた様子を浮かべたが、

「分かったよ。ばあちゃんもそん時を楽しみしとるなぁ。そん時まで長生きせんとなぁ」と笑顔で答えた。

「ばあちゃん、まだまだ長生きするよー。足も腰もしっかりしてるし、大丈夫。大丈夫」

マサヨシは大丈夫だと思いたかった。だが、老人にとっての三年はこんなに年を感じさせるほど変わるんだなぁーと、寂しさを感じていたのが正直な気持ちだった。

事務局に挨拶をすると、うしろ髪を引かれる気持ちを抑え東京に向かった。


東京に帰ったマサヨシはお客様の指名も増え、全店舗でも上位の成績をキープしていた。ハードなスケジュールに追われる毎日。

その頃になると歌手になる夢はあきらめ、歌は趣味として楽しむようになっていた。美容師の仕事に、心から喜びを感じるようになっていたからだ。

それから毎年夏休みになると、ホームに顔を出しては、ばあちゃんの様子をうかがい「また来年来るね」とばあちゃんに言い残し、またがむしゃらに働いた。

マサヨシの中に、ある思いが芽生え始めていた。小さくてもいい。自分のお店を持ちたい。そんな夢を叶えるために自分の休みを返上し働き続けた。


それから五年の歳月が流れた。

母幸子もその頃になると、世の中の流れに逆らうことができなくなっていた。バブル崩壊から景気は悪くなる一方。共に生活していた西原氏の会社は倒産へと追い込まれた。職場だったホテルも競売で人手に渡り、幸子は職も失い西原氏とも別れることになった。

しかし、幸子はさすが修羅場を何度も乗り越えてきただけのこともあり、切り替えが早かった。一人、埼玉に生活の場を移し、得意としていた料理を活かして小料理店「美浜」を営み始めた。幸子とマサヨシが育った故郷の美浜町から名付けた、カウンターと小さな座敷があるだけの五坪にも満たない小さな店だが、お得意客を増やし、なかなかのにぎわいを見せていた。


そんなある日、幸子は兄弟からある知らせを耳にした。ホームにいるばあちゃんが、大分老衰し始めているというのだ。

マサヨシと幸子は、お互い時間を作り、ばあちゃんのいるホームを訪ねることにした。寝たきりのばあちゃんを目の前にして、二人は何も言えなかった。このホームで昨年に逢ったばあちゃんの姿は見る影もない。背中は床ずれで炎症を起こし、見るのもつらくなるほど衰弱している。

幸子は握った拳を震わせて、口を開いた。

「マサヨシ、お母さんここで親孝行しなかったら一生悔やむことになる。ばあちゃんを東京に連れて帰るね」

幸子の兄弟たちは車で七時間もの長距離は老人に負担だと猛反対した。

「兄さんたちは、自分たちの体裁をつくろうためだけに反対している……！　本音は自分たちが看るのがつらいからホームに入れて、ばあちゃんのためだなんて都合のいいことばかり並べて！　長男を含め男兄弟五人もいながら、自分の嫁さんも説得できないから、ただ逃げてるだけじゃない！　しかも四男は私に、遺産狙いかだって。冗談じゃない!!　頭に来たから、遺産があっても受け取らないって印鑑押して、突きつけてきちゃった」

幸子は興奮しながらマサヨシに訴え、怒ったり泣いたりを繰り返していた。

ホーム長に事情を説明すると、お医者様が長距離に耐えられるかを診察してくれることになった。

一週間後に出た診察結果はＯＫ。

幸子は友人に手伝ってもらい、七時間ノンストップでホームへと車を走らせた。そして、ばあちゃんを車に寝かせると、とんぼ返りで埼玉の家にばあちゃんと共に帰ってきた。

母のうつ病、ばあちゃんとの涙の別れ ―マサヨシの過去・祖母の死―

ばあちゃんが来てからの幸子は、小料理店を終えると一目散に家に帰宅し、ばあちゃんの体をお湯で拭き、手作りの料理を食べさせ、また翌朝、お店の仕込みという毎日を続けていた。

五〇歳の幸子の体は介護と仕事で疲れ果てていたが、小さかったマサヨシをここまで育ててくれた感謝を、介護という形で、精一杯恩返しに励んだ。

ばあちゃんの幸せそうな顔を見る度、幸子の心は癒やされていった。


しかし、幸子は自分の体に大きな問題を抱えていた。

四〇歳の頃に呼吸の乱れがあり検査をしたのだが、不整脈が見つかった。その頃から毎週病院に通い始め、毎日、何十錠もの薬を飲み続けていたのだ。

カバンの中は薬の袋でパンパンに膨れあがり、薬を飲み続けないと意識がなくなり幾度となく救急車で病院に搬送された。精神安定剤を飲まないとまったく眠れないとも、幸子からマサヨシは聞かされていた。

幸子はその時うつ病を患っていたのだ。しかし当時はうつ病という病名はあまり聞く時代ではなく、自律神経の不調からきているといわれていた。

幸子はすぐに感情的になり、泣いたかと思うと、今度は「死にたい！」と言った。

しかし、マサヨシも毎日の美容師の仕事は予想以上にハードで、就業時間も労働基準をはるかに超えているほど。

しかも幸子と話をすれば、体調の悪さと、死を感じさせる言葉で振り回されるので幸子の電話の着信番号通知を見る度に気が滅入ってしまう。

この日もマサヨシは仕事を終え、携帯の着信履歴を確認した。幸子からの履歴が二〇件を超していた。またいつもの体調不良で呼び出されるのかと思うと、気が重い。

「はぁ……」

深いため息をしながら電話をかけた。

電話に出た幸子の声は不思議なくらい冷静で、マサヨシに話し始めた。

「マサヨシ冷静に聞いてくれる。ばあちゃんが今朝方に意識がなくなってね……今お医者様が往診を終え帰ったばかりなのだけど、今日が山だそうよ。すぐこっちに来られるかしら……？」

「え……うんわかった」

マサヨシは埼玉の家に車を走らせた。

ばあちゃんとの思い出が脳裏を駆け抜ける。

「ばあちゃん。俺が着くまで待っててくれー」

何度も心の中で叫び続けた。

車を家の玄関先に止め、家の中に入ると介護用ベッドに幸子がばあちゃんをうしろから抱きかかえながら座っていた。

「呼吸はどう？」

「まだ微かだけど……」

「ばあちゃん、マサヨシだよ。ありがとう、僕を待っててくれたんだね……」

ばあちゃんは、最後の力を振り絞り目を開けて、マサヨシを見つめて微笑んだ。

「マ・サ・ヨ・シ……あ〜り〜が〜と……」

声は出せていないが、ばあちゃんの口元の動きでマサヨシはたしかに受け取れた。

「ばあちゃん、僕こそありがとう。また、いつか必ず逢おうね、ばあちゃん」

「マサヨシ。ばあちゃんもう逝くみたい。ばあちゃんの体の中から何かが動いている」

幸子が言った。

「今背中を通過した。……今胸の辺りを通過した。……今喉の辺りだよ」

すると、ばあちゃんは口を大きく開けた。

そして次の瞬間、二人ともばあちゃんが肉体から旅立ったことを体感的に感じ取れた。

ばあちゃんの頭上に青白い光が差し込んだ。

無数の光の球が部屋一面を照らしたかと思うと、ばあちゃんの体を覆うように光は優しく包み込み、次第に天井の方に向かって上昇し始めた。

そして青白い光は天井を通過してゆっくりと消えていった。


ばあちゃんは、マサヨシの到着を待っていたかのように笑顔で眠るように現生を終えた。

享年八六歳であった。

「ばあちゃんありがとう。ありがとう。ありがとう……」

幸子とマサヨシは大粒の涙をこぼしながらばあちゃんに繰り返していた。

事業拡大と挫折、突然の母の死 ―マサヨシの過去・母の死―

マサヨシは二六歳になると同時に、以前から叶えたかった自分のお店を持ちたいという夢を実現させた。最初は居抜きの中古物件からのスタートだったが、ひたむきな努力が実を結び、翌年には、三十坪を超える大きな店を作り移転した。

最初は一人で始めたお店も次第に従業員を増やしていき、事業拡張に全力を注ぎ続けた。

それからさらに出店を重ね、三六歳を迎える頃には都内、埼玉に一〇店舗の店を経営していた。

しかし、仕事の忙しさから、自分の時間はまったく取れない日々をマサヨシは送っていた。ストレスと過労はピークに達し、好きで始めた美容師の仕事なのに従業員が辞めればその穴埋めに走り、楽しさを感じることすらできなくなっていた。

初めての出店から一〇年。

一〇年間、マサヨシの右腕として育ててきて、今では主軸の店舗を店長として任せていたスタッフが自分のお店を出店するという希望をマサヨシに伝えてきた。

店の老朽化も進んでいたので前月に内装に多額な費用をかけ、リニューアルしたばかりのこともあり、マサヨシは悩んでいた。

しかし、美容の世界はある意味、自分の店を持つのが一つの目標であったりもする。マサヨシもその気持ちが痛いくらいに分かるだけに心は揺れていた。

美容師になって自分に自信がついてきた時を振り返り、それも仕方がない、精一杯応援してあげたいとそのスタッフの要望を受け入れることにした。華やかに送り出してあげようと、行きつけのレストランを貸し切りで送別会を開いた。マサヨシは今まで、一緒にお店作りに貢献してくれた感謝を込めて、そのスタッフがお店を出すという場所に祝い花を贈った。

送別会の翌日、店長が抜けたお店が何となく気になり店に出勤した。

ところが、そこには数人のアルバイトスタッフとアシスタントしかいなかった。スタッフルームに入ると、まだ出勤してこないスタッフたちの私物の荷物がすべて消えていた。ワゴンの中に入っているはずのシザー（はさみ）やブラシなども同時に消えていた。

「ここ最近よそよそしかったのはこれだったのか……？」

不安な気持ちが立ち込める中、マサヨシはパソコンを開けて愕然とした。

パスワードを入力してＤＭをプリントアウトした形跡が残っていた。その日出勤してこないスタッフが担当していたお客様すべてに出店の案内状が送られていたのだ。

次の瞬間、マサヨシはいてもたってもいられなくなり、出店したという店に車を走らせた。

外にはマサヨシが昨日贈った祝い花が飾られていた。外から中の様子をうかがうと、その光景はマサヨシの心を谷底へと落とし入れた。

そこには、いつもマサヨシの店に通い続けてくれたお客様方の笑顔があった。そして、マサヨシの店のスタッフたちがその店で働いていたのだ。

（一〇年間、無我夢中にスタッフ教育と、お客様の心をつかんできたつもりでいたが、そう思っていたのは自分だけだったのか……？　自分は今まで何をしてきたんだ……）

マサヨシは怒る気力すらなかった。心に穴が開いたような状態は、そう簡単には埋められることはなかった。

しかしそんなことで落ち込んでいる暇はマサヨシにはなかった。

残されたスタッフとミーティングを重ね、この打撃を受けた穴埋めをするために、出した決断はその店舗の閉店だった。

そんな出来事があってからつかの間の一月九日。正月明けに事件は起こった。

朝九時に自宅の電話が鳴る。

「はい。岡本です」

「岡本さんですか？ こちら草加警察です。突然なので驚かれると思いますが、冷静に聞いてくださいね」

「はい」

「実は昨日、あなたのお母様だと思われる女性が一二二号線という車の通りの激しい交差点で跳ねられまして、亡くなったんですよ」

その人が何を言っているのか、マサヨシにはよくわからなかった。

「……？」

「岡本さん……聞こえてますか？」

「あ……はい。聞こえています」

「今からこちらに来ていただきたいのですが？ 遺体を確認していただきたいので」

何が何だか分からなくなったが「はい。分かりました」と、答え電話を切った。


まさかそんなはずはない……。いつもならまだ幸子は寝ている時間。電話すれば寝ぼけた声で電話に出るはずなので幸子の自宅に電話をした。何度コールしても電話に出ない？ 携帯にもかけてみた。

「電源が入っていない、か……」

いつもなら幸子の店のスタッフが、いつ連絡が来てもいいようにと、電源を切ることはまず考えられない。

（そんなバカなことはあるはずがない。信じない。きっと違う。何かの間違いだ！）

そんなことを考えながらマサヨシは草加警察署に着いた。

警察署の受付に電話の内容を伝えると、マサヨシは霊安室に案内された。中に入ると冷たく殺風景な部屋の真ん中に黒いベッドが置かれていた。その上には白い袋がおもむろに横たわっている。

「まさかこの中に……？」

白い袋のチャックが下ろされる。

すると大きく腫れあがった母の遺体が現れた。顔がいつもの二倍くらいに膨れあがり、目の周りは何かで殴られたような青いあざができていた。

顔にふれてみたが、皮膚は硬くなり人形をさわっているような感触だった。

「お……お母さん」

「岡本さん、やはりお母さんなのですね？」

「………」

「岡本さん……？　岡本さん……？」

「あ……はい。間違いなく僕の母です」

「そうですか。ご愁傷様です」

マサヨシはその場に座りこんでしまった。


警察官が二人がかりでマサヨシの腕を支え別室に案内してくれた。

そして担当の警官が昨晩の内容を話始めた。

「お母さんですが、昨晩一〇時頃、一二二号線のご自宅近くの交差点で事故に遭われました。浦和方面から東京方面に向かう乗用車に跳ねられましてねぇ」

「あ……はい」

「その時お母さんが横断する信号機は赤信号だったんですよ」

「えっ……赤信号ですか？」

「はい。横断歩道はたしかに赤信号だったんですよ」

「なぜ赤信号だったと言えるんですか？」

マサヨシは問い返した。

「それがねぇ、たまたまその交差点には交番がありまして……。中にいた警察官が〝ドカン〟という大きな音を聞き外に飛び出した時に、赤信号だったのを確認しているんですよ。変な話をしますが、最近お母さん、死にたいとか様子がおかしかったとか、無かったですか……？」

「いえ、最近会っていなかったので……あの、袋じゃかわいそうで……」

とマサヨシはかぼそい声で答えた。

「はい？」

「母が入れられている袋を棺に変えてあげたいのですが……」

「そうだね。お母さん、かわいそうだもんね。どこか指定の葬儀屋は知っていますか？」

「ここからいちばん近い葬儀屋さんを紹介してください」

マサヨシは言った。

「岡本さん、私が電話して今から呼ぶから」

警察の人がそう言ってくれたので、マサヨシは任せることにした。


幸子の遺体が霊安室から葬儀場に移動された。

マサヨシは事故現場を見ようと車を走らせた。途中で「花束買ってお供えしなきゃ」と思い、生花店に立ち寄った。

「えっと、この白いユリの花を花束にしてください」

笑顔で接客してくれた女性が「贈り物ですか？」とマサヨシに聞いてきた。

マサヨシの頭の中で「贈り物……贈り物」とこだまする。

「いえ。母が……」

言葉に詰まり、涙がとめどなくあふれてきた。

今まで現実と受け止めきれていなかった感情が一気に涙と共に押し寄せた。

車と接触した場所には赤くバツマークが印されている。そこから五〇メートルも先の道路には、幸子の体の形をしたチョークの跡と血痕がリアルに浮き出していて、即死事故の大きさは一目で理解できた。

チョークの隣にそっと花束を添えると「何があったんだよぉーお母さん、なんでこんなことになってんだよ？」と呟きながら、道路脇に立ち尽くした。

現場を離れると、幸子が一人で生活していた家の前に車を着けた。

ポストから合鍵を取り出しドアを開けると、マサヨシは中に入った。

部屋中ありとあらゆる場所を探したが、遺書らしきものは何も見つからなかった。

出てきた物と言えば、質店で現金と交換した時の宝石関係の質札の山。積み立てた預貯金を崩しても足りなかったのだろう。

幸子は自分の全財産や衣類など、お金に換金できるありとあらゆる物を売り払い、ばあちゃんの介護にあててきたのだ。

さらにショッキングだったのが、返済中の消費者金融の請求書が出てきたこと。契約書には自宅が担保に入っていた。そのほかにも積立式の生命保険の解約通知や着物を売った領収書などが束で出てきた。

それらを一枚一枚見つめていると、幸子の気持ちが痛いくらいに伝わってきた。

ばあちゃんが亡くなって消費者金融から催促の電話が鳴り響く中、精神的に追い詰められていたことが手に取るように分かる。また薬による副作用が影響して、体力すべてを失っていたことにようやく気がついたのだ。

マサヨシ自身も、自分の職場の立て直しで仕事にばかりに気を取られていた。

何度か電話があったが「またかけ直す」と言ったきり電話はしばらくしていなかった。

そのことを考えると、自分が何も相談に乗ってあげられなかったことが、悔やまれてならなかった。草加警察署に聞かれた、幸子の自殺を匂わせるような質問が頭の中を駆け巡り、無念な気持ちが胸に重く圧しかかってくる……。


その日から二日後。

幸子の経営する小料理美浜のスタッフ・常連のお客様、生前親しくしてくれた幸子の友人、兄弟たちに囲まれ、葬儀がとり行われた。

マサヨシは喪主として最後の挨拶をした。

「皆様、本日は母幸子の告別式にご参列いただきまして誠にありがとうございます。皆様もご承知の通り、母は生前から自由な生き方をしてきました。一般的、常識と言われることには無関心な母でしたが、こんなに多くの方に支えられていたことを息子として今心から皆様にお礼申しあげます。ありがとうございます。

私は母とは三歳の時から親子でありながらも、お互い離れ離れに生活をして参りました。時には母に対してつらく当たったこともありました。そして今から三年前、母の実母を母は最後まで全力で介護いたしました。私は、そのひたむきな姿を見て、この母のもとに生まれて来て本当によかったと思うことができました。

今、母も私のこのスピーチを聞いて心から喜んでくれていると思います。お母さん、僕を生んでくれて本当にありがとう。いつかまたあなたに逢える日まで懸命に生きていこうと思います。今まで本当にお疲れ様でした。ゆっくり休んでください」

マサヨシは深々と一礼した。

その後、桜が美しく咲き乱れる桜霊園に、マサヨシは幸子の遺骨を納めた。

亡き母からのメッセージ ―マサヨシの過去・再起―

無事葬儀を終えたマサヨシは、幸子の遺品の整理に追われていた。一人には広すぎる一軒家の遺品整理は、マサヨシにとってつらい作業だった。

昔、幸子とばあちゃんと三人で撮った写真がマサヨシの手を止める。懐かしさが込みあげてくると同時に寂しさも押し寄せてきた。

幸子が身に着けていた衣類をタンスから引っ張り出しては、段ボールに詰め替える。洗濯機の中にも洗濯をしていた残りの衣類がまだそのまま放置されていた。炊飯器には食べ残しの白米。流し台には洗い残された食器類。寝室に入ると、今までそこで眠っていたかのように、布団には幸子の体の形がそのまま残されていた。

死を決意して、自ら命を絶ったとは到底考えづらいような状況が次から次へと目に飛び込んでくる。

毎日こんなことの繰り返し……。いくら整理をしても終わる気配がまったく感じられない。まだすぐそこにいて、今にも「マサヨシあんた来てたの？」そんな声が聞こえてきそうなくらい幸子の香りが洋服や部屋から漂ってくる。

一方、毎日のように警察署へ出向き、事故を起こした車の運転手とマサヨシに質問が繰り返された。体の疲労感、心の失望感が同時に押し寄せてくる。

「はぁ……疲れちゃったよ……」

しかし、マサヨシは母の残した返済の整理やお店の整理が山積み状態で、いつまでも寂しさに浸っている余裕はなかった。自分の職場の問題も同時に抱えていた。

幸子の自宅を売却し、残された借金の返済を終えていく中で、整理することの大切さを少しずつ学び始めていた。

そして、心に問いかけた。

今の美容室はお前にとって本当に大切なのかい？　今の環境は楽しいのかい？

毎日自分にそう問いかけるなかで、マサヨシは手放すことへの恐れにとらわれるばかりで、楽しみなんてここ数年感じていなかった自分に気がついた。

母の死のおかげで大切なことを思い出させてもらった気がした。

田舎から飛び出すきっかけとなった歌手の夢を断念し、美容師の道を選んだ。もちろん美容師の魅力に惹き込まれたからだ。

お客様の笑顔。お客様に喜んでもらう楽しさ。美に対するひたむきな努力がただ好きだったからこそ美容師の道を選んだ。しかし今のマサヨシは経営に追われ、自分のやるべき道を見失っていた。

考え抜いた末、マサヨシは守り続けてきた自分の美容室を、すべて手放すことを決めた。残った店舗は長年勤めてくれたスタッフに分け与えた。気持ちは残るものの、これでよかったのだと心に言い聞かせて、目の前のことに取り組む毎日を続けていた。

そんなある晩、幸子が枕元に立った。

その日は寝つけずに深夜まで音楽を聞いたり、ギターを弾いたりしながら時間を刻んでいた。やがてマサヨシは疲れて横になってしまった。眠り始めて数分、線香の香りと共にマンションの部屋あちこちからパシッパシッという音が鳴り響きはじめた。そのうちに、激しく耳の鼓膜が揺れ動いた。同時に体が硬直し、身動きがとれなくなった。

瞬間的に感じた。

（お母さんだ！）

でも目は開けられない。開けようと必死に頑張るが開けることができない。声を発しようとするが声にならない。

次の瞬間マサヨシの心に幸子の声が響いてきた。

「マサヨシ。あなたのとった行動は間違っていなかったのよ。自分を信じて前を向いて歩きなさい。いつも応援しているからね」

「お母さん、逢いたいよ……。なんで死んじゃったの？　悩んでいたから？」

「必然だったからよ。最初から決められていたのよ」

「おかあさん、もう逢えないの？」

「またいつか逢えますよ……」と幸子の声がマサヨシの心にこだまする。

「お母さん、お母さん……」と何度も心の中で呼び続けた。


次の瞬間全身に力が戻り、ようやく体を起こすことができた。

「おかあさん、僕、頑張るよ。そして楽しむよ」

その晩の出来事をきっかけに、マサヨシは店への気持をようやく手放した。一〇年築いてきた店への愛着は、執着だったと気づくまでには少し時間がかかったのだった。


「ふうー……。ちょっと休憩」

マサヨシは母の死までを知栄子に話すと、深く息を吐いた。

「先生……。これのどこがワクワクに繋がるんですか……？」

「ここまでの過去があったからこそ、必然に感謝ができているんです」

「なおさら聞きたくなってきました。早く話してください」

「いいですよ。では、このお店、桜千道をオープンしてヒーラーになるまでをお話しましょう」

過去生に導かれたヒーラーへの道程 ―マサヨシの過去・桜千道オープン―

春の木漏れ日が心地よく、桜の花びらがヒラヒラと空から舞い落ちてきた。

北越谷駅近くの元荒川沿いは、花見をする人々でにぎわいを見せていた。

「ここにいる人々は軽く千人はいるなぁ。桜ってすごいよなぁ。毎年これだけの人を笑顔に変えてくれる。僕もこの桜の木のように千人のお客様を幸せに変えてあげられるような、そんな道を築いていきたい。そうだ店名は桜千道にしよう」

母の身辺整理のために埼玉に越してきたマサヨシは、これからの再スタートに胸を躍らせていた。店の契約を終え、今まで経験したことがない手作りの店をスタートさせることにした。自分で木を切り、組み立ての作業を一つ一つ行い、これから仕事を始める空間を創造し、作業を進めた。

今日のこの日を迎えるまでには、母の他界から五年の歳月がかかった。

今まで築いてきたものをすべて手放す決心をつけて、志望者に美容師ライセンスを取得させるための講師の仕事をしながら、自分探しに時を刻んだ。

マサヨシが今まで事業を行ってきた店は、どれも大型店舗ばかりでスタッフの数も常に大勢雇用していた。しかし、すべてを手放したあとのマサヨシの思考は、少しずつではあるが、これまでと違ってきていた。

自分の技術を心から喜んでくれるお客様が来てくれればそれでいい。それが、自分の美容師としての喜びだ。そのためにも完全個室型の美容室を始めてみたい。その気持ちを実現するために自作の内装工事は深夜にまで及んだ。

ただ、心の奥底にどうしても過去に経営してきた店での出来事が、感情として見え隠れしていた。マサヨシはその気持ちを、ずっと押さえつけていた。

今度は従業員を雇用しないのだから大丈夫。裏切られることはない。手放したはずなのに、心で何かが動いている。そんな時は何も考えないようにしようと、好きなギターを弾き作りかけの店の中で歌を歌いながら気を紛らわせた。

店の看板は幸子が着物を収納していた桐の箱を使い、手作りで完成させた。

自分でデザインしたパンフレットを印刷し、夜になると店から半径百メートルほどの距離に少量だけポスティング投函した。いつの日か自分の足で広告を配ることもしなくなっていたが、久しぶりの感覚に新鮮さと充実感が湧いてきた。

五月五日、子どもの日。

ついに待ちに待った桜千道のオープンを迎えることができた。オーガニックアロマオイルの香りに包まれながら、マサヨシがこだわり抜いて選んだアンティーク家具に囲まれた店は、我ながら今までにない満足感があった。

連日大盛況の桜千道がオープンして間もなくのこと。自ら店の内装も手がけたマサヨシは、準備期間からオープンして今日まで一日も休むことなく働き続けてきたため、疲れがピークに達していた。

ある日、店の営業を終えたマサヨシがソファでうたた寝をしていると、頭の上に何かが降りてくる気配を感じた。確認しようと目を開けようとしても、まったく開けられない。

頭の中を空気のような、電流のような、何者かに脳の中をかき回されているような、これまで経験したことのない感覚が次第に強くなっていく。

すると今度は、何やら光の球が近づいてくる。究極に柔らかくて、優しいと表現することがもっともふさわしい光が、マサヨシの意識とコンタクトを求めてきたのだ。

その光の球がバンッとはじけ飛んだかと思うと、次の瞬間、地球上のすべての人々と光のパイプで繋がっている、そんな映像が脳裏に映された。

不安などは微塵もない。それは、まさしく愛そのものだった。

僕たちには死など存在しない。命は永遠なんだ。

この肉体を通して体感するすべての事象、目の前で展開するありとあらゆる現実は、自分自身が監督・演出した3D映画のようなものなのだ。自らが主役となり、その台本通りにストーリー（人生）が進んでいるにすぎない。

今まで偶然だと思ってきた事象はすべて必然であり、宇宙の法則にしたがって完全完璧に上映されている。現実とは、徹底してリアリティを追求したバーチャル体験であり、私たちは肉体という道具を借りて、それを楽しんでいる（経験している）にすぎないという真実を、瞬時にして悟った。

「ようやく、気づきましたね」

その光の生命体は、マサヨシの心の中で微笑むようにささやいた。それはまさしく神そのものであった。神は宇宙そのものであり、また自分の中に宿っている光そのものであるということが、ストンと腑に落ちた瞬間だった。

光の生命体は、次のように続けた。

「あなたは、生まれ持った使命に目覚める時がきました。そのためには、さらなる能力向上を目指して修行を積まなければなりません。そして、日本古来のヒーリング術を修得するのです」

マサヨシは、そのメッセージをすぐには信じることができなかった。念願だった美容室をオープンしたばかりであり、使命と言われても、ほかのことに時間や労力を割いている余裕はなかったからだ。

そんなマサヨシの心情を汲み取ったかのように、メッセージはこう続いた。

「あなたが、やらなければなりません。あなたは、選ばれた人だからです」

なぜ僕でなければならないいんだ！　いったい何をしろと言うんだ！

わけがわからない！とマサヨシの心の声が叫ぶ。あまりに突然のことで目の前の現象を受け止めることができず、マサヨシは戸惑い、葛藤した。

すると、心の奥底から湧きあがるように、次から次へと脳裏に映像が浮かんできた。明らかにそれは、自分の過去生だとマサヨシは理解した。目まぐるしく展開する映像を眺めていると、ある瞬間、悟りがもたらされた。

そうだったのか。過去生での自分はシャーマンだったんだ!!

誰もがそうであるように、マサヨシもまた数多くの過去生を体験して現生を迎えているが、とくに現生の自分に大きな影響を与えているのは二つ前の過去生だった。それは三〇〇年ほど前の、カナダでシャーマンをしていたマサヨシの人生である。

その時代に生きるマサヨシは、生まれ持ったヒーリング能力を発揮し、多くの人の心や体を癒していた。

しかし、その一方で人として深みのある経験値が足りなかったことで、人間的エゴを抱えたシャーマンでもあった。人が背負っているつらく苦しい思いや悲しみへの共感が持てず、高い能力がありながら、真の覚醒に至ることなくシャーマンとしての生涯を終えたのだ。

光の生命体は、再びマサヨシに語りかけてきた。

「あなたはシャーマンだった過去生での経験を克服するために、現生では〝ヒーラー〟という使命を選んでこの世に生まれました。そして、人の気持ちを理解するために、これまでもつらく苦しい人生経験を積んできたのです」

そのメッセージは、マサヨシの心にダイレクトに響いた。

そうだったのか！　耐え難いほどの困難の数々は、自らの使命のためにすべて必要なことだったんだ！　この人生のプログラムは、すべて自分が決めてきたんだ！

マサヨシはそう悟ったが、一方で〝ヒーラーになる〟という予言については半信半疑だった。それが自分の使命だとしても、どうしたらよいのか見当がつかない。

「大丈夫、必ず道は開けます。数日のうちに、あなたの人生にとってもっとも大切な出会いがあるでしょう。私たちがあなたを導いていきますから、あるがままを受け止めてください」

光の生命体はマサヨシにそう告げると、ある日時に、ある場所へ行くよう指示を与えた。そのメッセージをマサヨシがしっかり記憶すると、光の生命体はフッと消えた。

頭の中をかき回している電流のようなエネルギーがオフになり、ハッと意識を取り戻したマサヨシは、思わず時計を見た。すると、一時間にも二時間にも感じられたその不思議な体験は、わずか七分程度の出来事だったことを知る。

なぜか、心には深い満足感があった。

言葉で表現するのは難しいが、どうしても表現するなら「愛そのものに守られている」、そんな感覚だろうか。

特別な意識状態から目覚めたマサヨシは、しばらくの間、その余韻に浸っていた。

師たる者との出会いと覚醒 ―マサヨシの過去・奥義の伝授―

不思議な出来事から数日が経ち、マサヨシの感覚はかつてないほど冴えわたっていた。光の生命体から指示されたその日は、偶然にも桜千道の定休日。マサヨシは迷うことなく目的地へ向けて車を走らせた。

指示された時間通りにその場所へ到着すると、一人の紳士がたたずんでいる。彼はマサヨシをまっすぐ見据えると、軽く会釈をし、歩み寄りこう話しかけてきた。

「あなたでしたか。ずっとお待ちしていました」

ずっと？　彼の言葉に驚いたマサヨシだったが、すぐに真実を悟った。その男性には、自らが受け継いだヒーリングの奥義を伝承するという使命があり、潜在的能力を持った者との出会いを、目に見えない存在から予言されていたのだ。その人物こそがマサヨシであり、とうとう出会いの日を迎えたのである。

あいさつを交わした二人は、近くのベンチに腰を下ろしたが、なぜか彼はマサヨシの頭上をじっと見つめている。その様子に気づいたマサヨシは、思いきってたずねてみた。

「あの～、何を見ているんですか？」

「あ……失礼しました。あなたのトラウマの量を見ていたんですよ」

男性は微笑みながら、そう答えた。

説明によると、彼の行うヒーリング術とは、バーストラウマやインナーチャイルドと呼ばれる心の奥底にたまったゴミ（ネガティブな感情や記憶など）を浄化して、自らの使命に気づき、輝いて生きることを実現するエネルギーワークのことだという。

歴史をさかのぼれば縄文時代の自然哲学を礎とし、古神道・神道・仏教・陰陽道・道教など、さまざまな思想の影響を受けて発展してきた技だそうだ。そして近代においては、心理学・哲学・物理学・医学・経済学などの英知を統合し、心身の健康だけでなく、この社会に、この地球に、癒やしと平安をもたらす秘術として継承されてきたというのだ。

いにしえの時代からの伝統あるヒーリング術だが、書物など記録を残すことは御法度のため、人から人への口伝のみで継承されてきたという。先祖代々受け継がれてきた陰陽道の特別な家系の中で、直系長子のみに伝承される門外不出の秘術であり、この男性はまさしく一子相伝の奥義継承者だったのだ。

ちなみに陰陽道とは、「木・火・土・金・水」の五行から世の中の森羅万象を読み解き、人や土地を災いなどから守るというもの。一般的に陰陽師といえば、呪術のイメージが強いが、マサヨシが受け継ごうとしているヒーリング術は、人の心身を癒すことを目的とする陰陽道の中でもシャーマン的役割を担う治療担当家系の術である。

平安時代には国家を管理するほどの影響力があった陰陽道だが、時代が進むにつれてその役割は薄れ、歴史の表舞台から姿を消した。しかし、その活動は形を変え、現在に至るまで一子相伝で脈々と受け継がれ、今もこうして密かに続いている。

正統な継承者であるこの男性も、受け継いだ知恵や術を最大限に活かすために、瞑想や断食などの修行を重ねて精神力や体力を鍛えてきたという。

男性に「覚悟はできていますか?」とたずねられ、マサヨシは迷うことなく大きくうなずいた。すでに腹は決まっている。

男性は安心した表情を浮かべ、その日からマサヨシにヒーリングを始めた。そして、トラウマを解消したマサヨシにヒーリング術を授け、さらに能力を維持し高めるための修行法をすべて伝授した。

その翌日から、マサヨシは桜千道の営業と瞑想との両立をはかる日々がスタートした。なかでも秘儀として教わった「丹田を覚醒させる特殊な瞑想法」は、毎日欠かすことなく続けた。仕事が休みの日は一日七時間、仕事がある日でも一日二〜三時間の瞑想にふけったのである。

瞑想を重ねるにつれ、マサヨシの感覚はますます鋭くなり、心身ともに著しい変化が現れてきた。日々の食事が楽しくなると同時に、ファストフードなどの添加物が多い食べ物は受けつけなくなった。また、感情に振り回されることがなくなり、いつも自分の外側から物事を眺めているような不思議な感覚を味わうようになっていた。

頭の中でのおしゃべり（雑念）がなくなり、生まれる前に決めてきた使命について明確なビジョンが浮かぶようになったのも変化のひとつ。陰陽道の流れをくむヒーリング術を受け継ぐ者として、さらなる能力向上を目指したいと強く思うようになっていた。

心浄術ヒーラー・岡本マサヨシの誕生

桜千道のオープンからちょうど一年が経った時のこと。当初の目標としていた来客数千人を達成し、マサヨシは「本当の意味で〝桜千道〟になれた」という感動を味わっていた。

ここのところ休みらしい休みを取っていなかったマサヨシは、次の定休日をまる一日オフとし、瞑想の修行に没頭することにした。

その日は早朝から瞑想に入り、飲まず食わずで、気がつけば七時間を経過していた。意識を現実に戻したマサヨシは、いつもとはまるで違う生まれ変わったような自分を体感した。言葉にならない喜びと感激で全身が打ち震え、鳥肌が立っている。

光の生命体が教えてくれた自分の使命とは、まさしくこのことだったんだ！

この瞬間、心浄術ヒーラー・岡本マサヨシが誕生した。

突然、思い立ったかのように車へ乗り込み、エンジンをかけるマサヨシ。

ただただ内なる声にしたがってハンドルを切りアクセルを踏む。車窓から見える景色は、暮れゆく夕べの空がオレンジ色に広がり、言葉にならないほど美しい。

「夕焼けって、こんなきれいだったかな……」

そうつぶやいたマサヨシの胸に、何かがグッと込みあげてきた。懐かしさのような寂しさのような、何とも言えない感情で心がいっぱいになる。

気づくと、まるで精神を洗い清めるかのように、大粒の涙が次から次へと流れ落ちていた。

その涙とともに、愛と感謝の気持ちが心の底からあふれ出てくる。

マサヨシにとって、このような体験は生まれて初めてだった。

自宅を出てから四〇分ほどドライブしただろうか。見知らぬ丘のふもとへたどり着いたマサヨシは、草むらに駐車して車を降りた。

そこからさらに人気のない道を二〇分ほど登っていく。うっそうとした雑木林を抜けると、いきなり視界が開け、関東平野が一望できる高台に出た。

夜のとばりに包まれながら、一つまた一つと灯りをともしていく眼下の街並み。「うわぁ～」と思わず声をもらすと、上空が急に明るくなったように感じた。

空をあおぐと、目も眩むほどのまばゆい光を放つ巨大な宇宙船が雲の切れ間から現れ、瞬時に移動したかと思うと、マサヨシの頭上でピタッと止まった。

小学生のころ、下校途中に友だちと見たUFOと同じだとマサヨシにはすぐにわかった。かつて幼い自分が「また逢いにきてね」とメッセージを送ったUFOが、その約束を果たすために再び現れてくれたと感じてマサヨシは心を躍らせた。

頭上に浮かんだ巨大な宇宙船は、まるで映画のワンシーンのような至近距離にある。マサヨシは目を閉じ、コンタクトを試みた

「あの時のUFOですね」と問いかけると、次のようなメッセージを受け取った。

「そうです。あなたはようやく目覚めの時を迎え、使命を思い出しましたね」

それに続いて、高次の存在からのメッセージが次々と意識へ流れ込んでくる。

「古いものを捨て、新しいものへと覚醒するのです。あなたがずっとこだわり続けてきた現生的役割を卒業し、これからは人類や地球に奉仕するヒーラーという使命を生きてください。

同じ〝人を育てる〟という意味でも、ヒーラーを育てることがあなたの役割です。

魂の進化にしたがって、身も心もどんどん変容されていくでしょう。いままで通りの自分でいることは、覚醒したマスターがたどる道ではない。

あなたが伝授されたヒーリング術により、多くの人たちの不要なエネルギーを削除し、その人たちが愛と調和に満たされ、本来の自分を取り戻すためのサポートをするのです。そして、このヒーリング術を世の中に広めることこそ、人類と地球への貢献につながるのです……」

頭上の宇宙船からメッセージを発信してくる高次の存在は、彼らがプレアデス星団から来ているエネルギー体であること、そして、マサヨシ自身もプレアデス系の魂であることを伝えてきた。

使命に生きる者は、いつも見守られている。内なる導きに従えば、何も怖れるものはない。そう悟ったマサヨシの表情は光り輝いていた。

メッセージを伝え終わると巨大な物体はゆっくりと上昇し、瞬時に「ブワッ」と消え去った。別れ際に「おめでとう。いいヒーラーになってください」と高次の存在より祝福を受け、この出来事により大きく変容した自分を感じていた。

感動と喜びがあふれ出し、マサヨシは声をあげて号泣した。

二〇〇九年一二月。ヒーラー・岡本マサヨシが誕生し、桜千道は「完全個室型ヒーリング&

リーディング美容室」として新たに生まれ変わった

この日を境に『髪処 桜千道』の来店者数は格段に増えていった。ヒーリング術の効果は目覚ましいものであった。この感動を、ぜひ自分の家族や友人にも感じて欲しいと、口コミで瞬く間に広がっていくのだ。

それればかりではなく、受けた本人がそれを言わずとも、周りの人々がそれに気づき、「最近何かいいことあった?」と質問されて、クライアントが「実はねぇ〜……」と打ち明ける。

そんな具合にみるみる紹介のお客様が増え、あっと言う間に数百人のクライアントがマサヨシのヒーリングを受けるために店を訪れるようになっていった。

人々の悩みはそれぞれで、家族関係、離婚問題、仕事について、学力・運動能力の向上、うつ病の改善、今以上にポジティブな思考を目指すなど、本当に多種多様であった。

けれどどんな問題を抱えていても、クライアントの顔は、一週間に一度のペースで桜千道を訪れるごとに、みるみる笑顔に変わっていくのだ。

これほどまでに人の心を浄化できるとは、ヒーラーであるマサヨシ自身がいちばん驚いていたのかもしれない。

マサヨシは、このヒーリング術を「心浄術」と名付けた。

ヒーラーという仕事を選んで、本当によかった。

個室型美容室だからこそ、みなさん、僕に悩みを打ち明けてくれる。美容室は髪が伸びれば、定期的に切りに行くもの。何気ない日常会話の中で悩みを打ち明けていただける喜びが、日を追うごとに増していく。

生きているって本当に楽しくて幸せだと心の底から思えるヒーラーへと、マサヨシは日々成長を遂げていった。

マサヨシはヒーラーになるまでの過去をすべて知栄子に話し終えた。

「なんか……、ドラマみたいな人生を経験してこられたんですね」

知栄子は言った。

「今となったら、すべて過去の出来事で、思い出なんですけどね。あの時、僕ができなかった母への感謝の言葉は、今天国にいる母にはたしかに届いています。でも生きてる時に聞きたい言葉もあると思います。そして伝えられるタイミングは常に今なんですよ。明日のことは誰も分からないんですから……」

「では一二回目のヒーリングを始めます。それでは目を閉じて……」

「今日の先生の人生のお話は感動したなぁ〜。よーし、私もワクワクに向かってお勉強だ！」

ヒーリングを終えて帰宅した知栄子は、来週受験するカウンセラーになるための通過点である、メンタル心理士資格の試験勉強をしようとテキストを開いた。

チッチッチッチッ……一〇分……二〇分。

しばらくテキストと向かい合った知栄子はふと、時計を見た。

「あれ〜？まだ二〇分しか経ってないのー？　なんか、今日ははかどらないなぁ。どうしたんだろう？」

以前は一日七時間も勉強できて驚くほど本の内容を吸収できたのに、今はなぜか集中してテキストと向き合うことができない……。

「う〜〜ん、嫌な感じ！　もうすぐ試験だし、勉強しなきゃいけないのにー‼」

知栄子はペンをテキストの上に放り投げ、髪の毛を両手でクシャクシャにした。自分の心に芽生えた小さなモワッとした感覚に、気持ちの整理がつけられなくなっていた。

以前、六回目のヒーリングを受けたあと、カウンセラーとして働いている自分の姿を想像したら心がワクワク感で満たされていくのを感じ、メンタル心理士の資格を取ろうと思ったのだ。

あの時の選択は決して一時の思い込みではなかったはず……。

「……私、モワモワしてる。なんでなんだろう？　あんなにワクワクしてたのに……」

知栄子は大きなため息とともにテキストを閉じた。

自分が経験したうつ病もそのつらさを知っているからこそ、悩みを抱えている人に寄り添うことの大切さを痛切に心で感じ取っていた。

メンタル心理士になろうと思ったのも、人の役に立つ仕事がしたいと子どもの頃から考えていて、その願いが叶えられると思ったからだ。そのために資格試験を受けようとして一生懸命勉強しているのに、なぜいまさらモワッとした感じを受けるんだろう？

「もう分かんないよ〜」

カーペットにゴロンと倒れた知栄子はイライラした様子で目を閉じた。

「まだお母さんとも仲直りできてないし、やっと見つけたと思ったメンタル心理士の勉強もワクワクしなくなっちゃった。私、本当はどうしたいんだろう？」

だが、今の知栄子にも一つだけはっきりと理解できていることがある。

それは、気の進まないままワクワク感のないことを続けていても、けっして楽しくないということだ。

「ふぅ〜〜〜っ」

大きく息を吐いた知栄子は上半身を起こして自分を励ますように言った。

「大丈夫！　答えは私の心の中にある！」

知栄子はわずかな光明を心に見出したような気がした。

人を変えることはできないが、気づかせることはできる

今日は一五回目のヒーリングだ。

「こんばんは、先生」

「こんばんは」

「母のことで相談があって」

「どうかしましたか？」

「はい、実は、先生にまだ詳しく伝えていませんでしたが、今母は病気を患っているんですね」

「そうですか。もし差支えなければ、どのような病気ですか？」

「はい、乳癌です。両胸とリンパに転移していまして、数ヶ月前に手術を終えたあと、抗がん

剤治療を先月終了しました。今は毎日、放射線治療に通っています。母はコンビニの店長をしていまして、残り物の弁当を食べているので、この前実家に帰った時に、そのことで言い争いになりました。私は主治医のお話を母と一緒に聞きまして、食事療法も自分で色々調べたりしたんです。それでこの前新鮮なお野菜を買って免疫力を高めてもらおうと持ち帰ったら、やはりいつもの残り物弁当を食べると言って聞かないんです。私も呆れちゃってそれ以来どうしていいか分からなくなってしまって……」

「なるほど。それで池田さんはどうしたいんですか?」

「はい、母に無理をしてもらいたくないし、自分をもっと大切にして欲しいのですが、なかなか伝わりません。私はどうすればいいのでしょうか?」

「池田さんが何に対して助けたいのですか?」

「母の癌に対しての向き合い方や、今後の自分を大切に考え、ポジティブ思考に変わってほしいです。今のままでは投げやりで、結局愚痴ばかりで見ていてもつらいんですよ。」

「なるほど。では結論から言いますすね。池田さんはお母さんのサポートはできます。しかし、今のお母さんを池田さんご自身が変えることはできません」

「え〜そうなんですか?」

「今、池田さんができることは、お母さんが少しでも、自分はまだ生きなければならない、やり残したことがいろいろある、ということに気づかせてあげられることです。

どんな名医が手術や治療をしても、人の寿命は変えられません。今のお母さんは今を生きています。すなわち、やらなければならないことがまだあるということです。生きがいを見つけてあげてください。それが、あなたにできる唯一の親孝行です」

「じゃあ、お母さんは自分で気づくしかないということなのですね？」

「そうです。池田さんご自身が、自分を見つめられていなかった時を思い出してみてください。ヒントはそこにあります」

「それでは一五回目のヒーリングを始めます。目を閉じて……」

「はぁ〜〜〜〜っ」

知栄子は桜千道の扉を閉めると、思いっ切りため息をついた。

（なんだ……。お母さんのこと助けられると思って期待していたのに……）

「はぁ……」

もう一度、軽く息を吐いて歩き出した。

マサヨシの言葉が頭の中から消えずに残っている。

《今生きていることの幸せを、お母さん自ら知る必要があります。すなわち、幸せは自分の気持ち次第なのです》

(自分の気持ち次第か……。今のお母さんを見ていると、自分じゃ気持ちを変えられそうにないから相談したのに……。どうにかしてお母さんにヒーリングを受けさせられないかなぁ。でも、スピリチュアルな話、お母さん嫌いだから……やっぱり難しいよなぁ……。コンビニの仕事から帰ってくると「私いつまで続けられるかしら……」「復帰してから仕事が減ったんだけど私はきっと必要とされて無い」とか……。本当ネガティブなことばっかり言ってるよね。お母さんが、自分で気づくなんて、到底考えらんないよ。……あ)

知栄子は立ち止まった。

(そっか……。お母さんにもトラウマがたくさんあるんだ。なんでもネガティブにとらえてしまうほどのトラウマがあるってことだ。でも、無理やりヒーリングを受けさせることはできない。だって、私がそうだったように今、お母さんも自分を見つめていないもの……)

また、マサヨシの言葉が浮かんできた。

《池田さんご自身が自分を見つめられていなかった時を思い出してください。ヒントはそこにあります》

（私が、すべてをネガティブにとらえていた時、うつ病だった時、お母さんは……。ただ、近くで見守ってくれていた。うつ病が少し改善して仕事ができるようになった時には、よかったねって喜んでくれた。でも、口うるさくいろいろ言われていた時は、逆に私は反抗しちゃって、お母さんの言うことを聞き入れられなかった……）

知栄子は空を見上げ大きくうなずいて、また歩き出した。

（これも、鏡写しなんだ！　お母さんを近くで見守ってあげることが、今の私にできることなんだ‼　ただそばにいて、お母さんが何かに気づける時を待っていられたら……。一緒によかったねって、喜べる日が来るはず。そうか！　今日からは温かい気持ちでお母さんを見守っていこう。何かが変わるかもしれない）

いちばん近い存在は、いちばんエゴがでやすい

「こんにちは。先生」

「あ、池田さん、こんにちは」

「先生、今日は報告があります。よろしいですか?」

「どうぞ、聞かせてください」

「先週のヒーリングのあと、いろいろと考えているうちに結論に達したんです。私が病気だった時、お母さんは距離を保ちながら私を見守ってくれていたんだと……。だから、私もお母さんを見守り続けてあげたいって、今心から思えています」

「僕も大賛成です。**人は、親子だろうが他人だろうが立ち位置が大切です。**距離感が遠くても近すぎてもいい結果を出しづらくなります。距離が遠すぎれば相手を見てあげられない。近すぎても外面からの様子を見られなくなってしまいます。お母さんがご自身から求めてきた時に、手を差し伸べてあげてください」

「はい、先生。気づけてからすごく楽になれたんです」

「家族といういちばん近い存在は、自分のエゴがいちばん出やすいものです。しかし、それを克服できたということは、今後池田さんはいかなる人間関係にも対応できる精神が養われたことだと思います。おめでとうございます」

「なんか嬉しいです。初めておめでとうって言っていただけて。嬉しいです」

「もう、お母さんと会えますね」

「はい」

「では一六回目のヒーリングを始めます。目を閉じて……」


桜千道を出て家路に向かう途中、久しぶりに実家に帰ることにした。

(お母さんに、今日は謝ろう)


そう思った知栄子は、お母さんのことばかり考え始めた。久しぶりの実家に向かう知栄子の足取りは少し重かった。家路に向かう途中のケーキ屋さんで、お母さんが大好きな苺のミルフィーユケーキを購入した。知栄子はお母さんと喧嘩する度に、決まってこのケーキを買ってお母さんのご機嫌を取っていたのだ。

「お母さんただいま~。ケーキ買ってきたよ~」

「知栄子、ちょうどいいところに帰ってきたわ。ハチがなんか体調悪そうなの。風邪かしら?

もう年だからね……」

「そうだね。とりあえず病院連れて行こうか。お母さん車出して。私戸締まりしてハチを抱いていくから」

「分かった。知栄子、じゃあお願いね。お母さんは車で待ってるから」

知栄子は愛犬のハチを抱きかかえながら車に乗り、行きつけの動物病院に向かった。

「お母さん」

車の中で知栄子は言った。

「うん？　何？」

「この前はごめん」

「何が？」

「何がって。喧嘩したじゃん」

「あ〜、あれ。そんなのいつものことじゃない」

「まっそうだね。おかあさんさ〜、うちはハチがいてよかったよね」

「まぁ、居たら居たで、散歩とか面倒見るの大変よ」

「でもさぁ。お父さん死んだ時も、私たちみんな落ち込んじゃって元気なかったけど、ハチの散歩のおかげで外に出れてたんだよ。それに、お母さん、癌の手術後の適度な運動も散歩のおかげでできてんじゃん」

「まぁ、それはそうよね。そうじゃなきゃ外出てないわよね。おかげかもね。あんた今日は泊まってくの？」

「うん」

動物病院に着きハチを診断してもらった。愛犬のハチは風邪だということで薬をもらい、この日は久しぶりに実家に泊まった。

お母さんとの会話も以前に比べて穏やかになり、二人和やかな一日を終えることができた。

喧嘩をしてから、実家に帰らずにいた自分を見つめ直してみた。今までにもお母さんと喧嘩した時は、決まって自分から反省して謝りに行った日々を思い出していた。そして、いつでもお母さんは知栄子を受け入れてくれた。喧嘩のことをぶり返すことはなく、何もなかったかのように振る舞うお母さんの寛大さに、初めて感謝することができた。


そして次の朝を迎えた。

二階の自分の部屋は知栄子が実家を出たあとも、いつ知栄子が帰って来ても大丈夫な状態に昔のまま残されている。昨晩の自分の気持ちを見つめていくうちに、知栄子の気持ちは少しずつ変化し始めていた。このままお母さんを一人で生活させるよりも、昔みたいに一緒に住んだ方がいいのではないかと考えていた。

知栄子が家を出て一人で生活するようになってから、お母さんは一人でこの家に生活している。ここ数年の間に父が他界し、知栄子の妹・里美も国際結婚し、今はアラスカに住んでいる。

父が生きていた時、お母さんは父のために家事をすることを楽しみながら生活していた。しかし、一人きりの生活を始めてからは、みるみる意欲を無くしていったのだ。

家の居間は掃除を怠り、荒れていた。食事もその頃から作ることをやめ、次第に廃棄行きのコンビニ弁当に変わっていった。父が生きていた時の、テーブルいっぱいに料理を作るお母さんはエネルギーに満ちあふれていた。

しかし、今のお母さんには昔の面影はどこにも感じられなくなっていた。知栄子は一人暮らしに憧れ、実家を出て生活することに今は心地よさを感じている。実家を離れて月日が経っただけに、実家に帰ってきておかあさんとの生活をするべきか、今の自由を選ぶべきかに悩んでいた。

「お母さん、おはよう」

「はい、おはよう。私、今から病院のあとコンビニだから、あんた、帰る時は戸締まりお願いね。じゃあ行くから」

「あっ、お母さん……」

お母さんは立ち止まった。

「今日も泊まっていってもいいかな？　一週間くらい……」

「う……ん、好きにして。じゃあ時間ないから行くから」

「行ってらっしゃ〜い。ハチ、散歩行くか」

知栄子は愛犬のハチを散歩させながら、実家に帰るべきか、自由を選ぶべきかに答えを見つけ出そうとしていた。

迷いが生じたら、先に動いて流れをつくる

「おはようございます。先生」

「はい、おはようございます」

「今日は実家から来ました。先週ヒーリングを受けたあと、久しぶりに実家に帰ろうと思いまして、あの日から一週間、実家で母と過ごしました」

「そうですか。じゃあ、お母さんとは仲直りできたんですね」

「お母さんは、私が考えているほど根に持つ性格じゃないみたいです。それも今回気づけたんですけどね……」

「それで、一緒に生活してみる気になったんですか？」

マサヨシは尋ねた。

「実はそれも悩んでます。父が生きていた時は妹もまだ日本でしたし、家族みんなが集まって

会話する場所は一階の居間だったんですが、今じゃ掃除をしなくなった母が寝室で寝ることもしなくなり、ゴミ溜め状態の居間でいつもいるんです。今週はそれをなんとかしようとお母さんが仕事に出かけたのを見計らって掃除したんです」

「それはよかったですね」

「それが仕事から帰ってくるなり、あれはどこにいった、これはここじゃないって、散らかしっぱなしの状態にすぐに逆戻り。昔はあんなんじゃなかったんですけどね……。父が死んで、病気になってから人が変わったみたいに無気力なんです。このまま私が実家に帰れば、また昔のように元気になってくれるかどうかをすごく考えちゃって」

「なるほど。お母さんはそれを望んでいるのですか？」

「それが分からないんです。私が、お母さんが散らかしたあとを掃除するのが目障りらしくて。私、お母さんに言ったんです。そんなんじゃ治る病気も治らなくなるって。でも伝わらなくって……。先生、どうすればいいのでしょうか？」

「池田さんは、お母さんと住むことにワクワク感を感じるのですか？」

「いいえ、どちらかと言うと一人の方が気楽です。きっとお母さんもそれを望んでいるのだと思います」

「そうですかねー？」

「え……？」

知栄子はマサヨシを見つめた。

「池田さんがお母さんを一人にしておくことに、ワクワクしているようには感じられません。だから悩んでいるのじゃありませんか？」

「でも、自由なほうが私はワクワクします」

「それは分かります。僕が言っているのは、将来そうすればいいことで、今はそれをする時期じゃないのではないかと言っているのです。

何も障害がなく、着地点としてそれを考えた時にワクワクすることは、それをしたほうが幸せになれるのが明らかです。しかし、そこに行くまでの通過点をないがしろにしていいとは言っていません。今の池田さんが悩んでいることは、ワクワクすることをやめるのではなく、時期を見るということではないですか？」

「そっか〜。そうですよね。でも一つ気になることが……」

「何ですか？」

とマサヨシは言った。

「せっかくお掃除して喜ばせてあげようと思ったんです。そして、寝室でゆっくり休養できれば病気も徐々によくなるんじゃないかと思って。でも、喜ぶどころか感謝すらしてくれないんです。どう思います？」

「池田さん。どぶ掃除を忘れていませんか？　見返りを求めてはいけませんよね。池田さんが居間を掃除したのは、自分がやりたかったからですよね」

「先生、そうでした。すっかり忘れていました」

知栄子は言った。

「いいでしょう。お母さんはまだ素直になれないんですよ。池田さんの気持ちは伝わる時が必ず来ます。でもその前に池田さんは大切なことを忘れていませんか?」

「なんだろ? 何かありましたっけ……?」

「感謝です。感謝の言葉を伝えていませんよね。気持ちを伝える時期とタイミングが必要です。**感謝を伝えるのにどちらが先とかはなく、気がついた人が伝えればいいのです。**伝えられた方は自分を見つめることになるのです。感謝されることを自分が本当にしてきたかどうかをね。欠点を言われると素直に認められなくなるのがトラウマを持った人の特徴です。それを知ったうえで、前に進んでください」

「はい。なんか分かった気がします。先生ありがとうございます」

「では一七回目のヒーリングを始めます。それでは目を閉じて……」

知栄子は一週間ぶりにアパートへ戻った。

本来ならば、今日はメンタル心理士の資格試験の合否が分かる日だった。

しかし、知栄子は試験を受けていなかった。メンタル心理士の勉強に身が入らなくなった時に、心に湧いたモワモワした思いを抱いたまま試験を受けたくなかったからだ。

それは知栄子が心の感じるままに決めたことだった。

もう一つ、知栄子が心に決めたことがある。それは、自分の人生について、お母さんと一緒に生活していくことにしたのだ。

そして一週間が過ぎた……。


「先生、おはようございます」

「はい、おはようございます。また一段と雰囲気が変わりましたね」

「はい。ありがとうございます」

「池田さん、今週はどうでしたか？　報告をお願いします」

「はい。先生、じつはメンタル心理士資格の試験を受けませんでした」

マサヨシは、こう答えた。

「そうですか。池田さんの思うままに、感じるままに進めばいいと思いますよ。答えは池田さんの中にありますからね」

「ありがとうございます。まだもう少し自分を見つめたいと思っていますが、本当にワクワクすることをしたいと考えています。

それと、お母さんともできれば一緒に住みたいと考えています。今日から少しずつ荷物をまとめて、引っ越しの準備を始めたいと思います」

「なるほど。それはいい発想です。何かを行うためには先に行動を起こすことも顕在化するうえで有効な方法です。**何かをする際に迷いが生じる場合、少し前に進むために行動を先に取ると、流れがそれに向かいやすくなる場合があります。**いいと思いますよ」

「先生にそう言っていただけると心強いです」

「お母さんもきっと喜んでくれますよ」

「はい。そうですね」


「では一八回目のヒーリングを始めます。それでは目を閉じて……」


その日から知栄子は引っ越しに向けて一週間荷造りに励んだ。

自分がワクワクする自由な生活をするために、目の前に抱える問題をクリアにすることに決意を固めた。

自分がこれから天職を見つけ、少しずつ購入すればいいと思考し、過去を清算するために今まで買ってきた衣類や備品、そして資格試験のテキストもすべて捨てた。必要最低限の物だけを残し、身辺整理を終えた一週間は知栄子の心の中をさらに軽くさせてくれた。

そして一九回目のヒーリングの日を迎えた。

母への感謝

「先生、こんにちは」

「こんにちは、池田さん」

「今週は引っ越しの荷物をまとめていく中で、いらないものはすべて捨てました」

「なるほど」

「なんか昔の自分とサヨナラして、新しい自分とこれからの将来について向き合っていたら、昔に買った洋服が全部いらなくなって、三枚だけ残してすべて捨てちゃいました。そうしたら、心がすごく軽くなりました」

「大胆ですが、それはいいですね。**いらなくなったもの、読まなくなった書籍をいつまでも置いておくのは、新しい情報を引き寄せることを妨げることに繋がります。**捨てることの大切さを自ら見つめ、実行されたのですね。では、いよいよお母さんとの生活の始まりですね」

「はい。今日ヒーリング後に実家に行って話をしてこようと思います。そして、まだお母さんに伝えられていない、先生からの課題を終えたいと思っています」

「そうですか。では楽しみにしていますね」

「では一九回目のヒーリングを始めます。それでは目を閉じて……」


桜千道からの帰り道で、自転車の荷台に幼稚園児を乗せて走っている若いお母さんを見ていた知栄子は、自分が小さかった頃のことを思い出した。

幼稚園バスに乗り遅れた時は、決まって自転車で送り届けてくれたお母さんの記憶が思い出された。

「ただいま〜、お母さん」

「あっ、知栄子、お帰り。今日は泊まっていけるの？」

「うん。そのつもりで帰ってきたよ」

「そう。今から夕飯の買い物なの。あんた何食べたい？」

「えっとねー、鍋」

「いいよ。一緒に買いに行こうか」

「うん」

買い物をする母のうしろ姿を見つめながら、マサヨシが話してくれたことを回想していた。

（こうやって親子で夕飯の買い物ができるのも、生きているからなのよね。お母さん少し白髪増えたな～。今こうしていれるのも、お母さんが私を産んでくれたからなんだよね）

すると、お母さんとの温かい思い出があふれてきた。

お母さんは料理がとても上手だった。

家族のために、毎晩テーブルいっぱいのご馳走を作ってくれた。みんなでテーブルを囲んで夕食を食べる時間は、今思うとすごく幸せだった。怒ることもたくさんあって、母として子どもの私に上手に接することができなかったのかもしれない。

でも今、自分が大人になって、ヒーリングを受けて、こうして『過去のつらかった経験』を思い返すと、それも仕方がないと冷静に受け入れられる。だって、お母さんだって、お母さんをすることが初めてだったんだから。初めての子育てを、試行錯誤しながら一生懸命にやっていたんだと思う。

必死に私を育てようとしていてくれたからこそ、怒ったり、泣いたりもしてくれたんだなぁ。私を、愛してくれていたんだなぁ。大事に、してくれていたんだ。ありがとうね。

いまさらだけど、ようやく理解できたよ。

私は、お母さんに自分を理解して欲しくて、その気持ちばかり押し付けようとしていた。お母さん、ごめんね。お母さんも同じだったんだね。

お母さんは、私に愛情をずっと送ってくれていました。ただ、愛情表現が上手じゃなかっただけ。楽しかった思い出も、今はたくさん思い出せるよ……。


久しぶりに親子で選んだ具材を土鍋に入れてガスに火をつけた。

「知栄子、そういえばお餅とうどんを買ってくるの忘れちゃった」

「いいよ、今日はこれで……」

「そう? お父さんはこういう時は買ってこないと機嫌悪くなっちゃうけどね……」

「たしかに、そうだったね～。私、それで何回スーパーに買いに行かされたか……」

「そうだったわね。懐かしいね～。やっぱり一人で食べるより美味しいわね」

「お母さん」

「うん?」

「私、うちに帰ってこようかな～って思ってるんだ。いいかな?」

「え～どうしようかな～、出ていったのあんただし、お父さんはどう思う?」

「仏壇は答えてくれないよ～。私の行きつけの美容室の先生なら可能だろうけど……」

「なにそれ？　そんな美容師さんがいるの？」

「うん、すごいんだよ～」

「……知栄子、明るくなったね。……よかった」

「なんか……嫌だ～お母さんたら。しみじみしちゃって。年のせいかな？　お母さん何歳になった？」

「もうすぐ六〇歳よ。年のわりに若いと思わない？」

「自分で言っちゃってるし‼」

「ハハハハハハッ」

「お母さん……癌、治ってよかったね。私、死んじゃうんじゃないかって……本当に心配したんだよ」

「……知栄子、どうしたの、あんた変わったね……。でも、ありがとう」

母を見ていたら、急にマサヨシの言葉を思い出した。

《あの時、僕ができなかった母への感謝の言葉は、今は天国の母にたしかに届いています。**でも、生きてる時に聞きたい言葉もあると思います。そして伝えられるタイミングは常に今なんですよ。**明日のことは誰も分からないんですから……》

「食べたなら片すわよ。ヨイショ」

「あ……お母さん、一言だけ聞いてくれる？　そのまま立ったままでいいから。今まで文句ばかり言ってごめんなさい。お母さんを母親に選んで、心からよかったと今は思うことができます。お母さんが私を愛してくれているように、私もお母さんが大好き。私を産んでくれてありがとう。そして、ふつつかな娘ですが、これからもよろしくお願いします」

「………。嫌だ～知栄子ったら急に………」

知栄子のお母さんは台所にコンロと土鍋を持ち、歩いて行った。

「私も手伝うよ。お母さんこれはそっちでいい……？」

お母さんは台所で、崩れるようにしゃがみ込み、泣いていた。

そして、声を殺して呟いた。

「知栄子……ごめんね。お母さんもあなたを産んで本当によかった。知栄子、ありがとう……」

知栄子は言葉を飲み込み台所のドアをそっと閉めた。知栄子の瞳からも涙が次から次へとあふれていた。二階にあがり部屋のドアを閉めた。

「お母さん……ありがとう。生きていてくれて、ほんとうにありがとう」

そして次の日の朝。

「おはよう。お母さん」

「おはよう。知栄子」

「あのね、今日アパートから荷物を持ってきて、今日からこっちに帰ってこようと思うの。いいよね？　お母さん」

「実家に帰って来るのに何遠慮してんの。バカね～」

「そうだよね。ハハハハハハハ」

「知栄子、あんた、ちゃんと生活費を家に入れてよね。お金がかかるんだから」

「私、今失業中なんだから少し待ってよ」

「何言ってんの。三二歳にもなって、仕事してないあんたが悪いんじゃない」

「そんな言い方しなくてもいいでしょ。いちいちうるさいんだから……。だから病気になっちゃうんだよ」

「あんた、いっつも一言多いのよ。誰に似たのかしら？」

「えっ……。お母さん」

「そっか。私か……。アハハハ」

「ハハハハハ」

幸せは、すぐそこにある

そしていよいよ二〇回目のヒーリングの日を迎えた。

知栄子はヒーリングが進んでいくうちに、自分がどうしてもやりたい仕事について心の中で見つめるようになっていた。

見つめれば見つめるほど、気持ちが高鳴るワクワク感を激しく感じていた。

マサヨシにいつかは聞いてみようと思っていたが、とうとう最終の二〇回まで聞くことができなかった。その問いを、今度こそマサヨシに伝えようと心に決めた。

自分が経験したことは、すべて意味あってのことなんだ。私は昔から人と関わりながら仕事をすることを選んできた。困っている人々を救えることが何よりも幸せ感を感じることを、今は確信している。

もう迷うことはしない。必ずワクワクすることは自分が決めてきたことなんだから……。

部屋のすべての物を実家に移し終え、何一つなくなった、アパートの床に座りながら、この部屋に越してきた頃のことを考えていた。

あの頃は自分自身がまったく見えなくなっていた。しかし、毎日不安ばかりが知栄子の心を締めつけた日々は、もう遠い昔の過去のことと感じていた。

それと同時に、トラウマがいかに不必要な物かを改めて実感していた。トラウマがエネルギーワークで取り除かれるというスピリチュアル体験を疑うことなく、ヒーリングを受けることを選んだ自分を心から褒めてあげたいと思った。


「おめでとう。ほんとうによかったね。池田知栄子」と何度も心の中で称賛し続けた。

マサヨシにカットしてもらいすっきりしたショートヘアと、清楚な色の服を好むようになった知栄子にあの頃の面影は微塵もない。自らの幸せを素直に受け止めて、そんな自分を心の底から褒めることができるようになれた。

今、知栄子はがらんとしたアパートの床に、ワンピースの裾を少女のように広げて座っていた。その姿は、今の知栄子の心と同様にすがすがしい清潔感に満ちていた。

「お世話になりました。お部屋の掃除はすべて終えました。これ、部屋の鍵です」

「はい、たしかにお預かりしました」

「ありがとうございました」

知栄子は管理会社をあとにした。


「先生、おはようございます」

「いよいよですね。今日は最終の二〇回目のヒーリングです。ご実家での生活はいかがでしょうか？」

「はい。最高です」

「素晴らしいです。その言葉を聞けて僕も安心しました。今日は一段と笑顔が素敵になりましたね。また一つ手放せたようですね」

「はい、実はお母さんに伝えることができました」

知栄子は、お母さんに感謝の気持ちを伝えたことをマサヨシに話した。

「よかったですね。池田さん……」

「はい、嬉しいです。お母さんもなんだかんだ言いながらも嬉しそうです。それとコンビニの廃棄弁当もやめるって言ってくれました。私もタバコをやめました」

「それはよかった。さて、いよいよ今日で終了ですね」

「はい。あっという間でした」

「そうですね」

「さっそくですが、二〇回目を始めたいと思います。それでは目を閉じて……」

「これで二〇回目が終了しました。池田さん、質問します。どうですか、幸せは見つかりましたか？」

「ありがとうございます。**こんなに幸せがシンプルに存在していたなんて、**心浄術に出会わなければ気づくことはなかったと思います。これも岡本先生のおかげです。ありがとうございました。私がこんなに幸せを感じられることに気づけたならば、たくさんの人たちにも気づかせてあげたいと思いました。

そして、私は先生のヒーリングを受けていくうちに、どうしてもやりたいと思えることが見つかったんです」

大いなる気づきがもたらされた知栄子の瞳は力強く輝いていた。知栄子は、希望に震えるまなざしでマサヨシをまっすぐに見つめ、はっきりとした口調でこう伝えた。

「じつは私も、心浄術ヒーラーになりたいんです！」

マサヨシは、知栄子の言葉をしっかりと受け止めた。

ふと、マサヨシの脳裏に桜千道で初めて知栄子と出会った時のことが浮かんだ。露出の激しい派手な身なりとハイヒールの厚底サンダルを履き、パンダのようなメイクをしていた知栄子。そんな彼女のヘアメイクをしながら、マサヨシは思わず知栄子の「情報」をリーディングして、こう伝えたのだった。

「……今、情報をお知らせすることが必要なお客様に限り、自動でリーディングしてしまう場合があるんですよ……」

知栄子の魂の成長は、マサヨシの予想をはるかに超えたものだった。

しかし、心浄術ヒーラーとしての潜在能力は未知数であり、奥義継承者としてふさわしい能力者かどうか、改めて見極める必要があった。

「池田さん、それではもう一度、生年月日を聞かせてください」

マサヨシのリーディングが始まった。

知栄子の名前と生年月日を手がかりに、マサヨシは彼女の情報を検索した。その事実として受け取った情報では、これまでの二〇回にわたるヒーリング効果により、知栄子のバーストラウマとインナーチャイルドはすっかり解消されている、とあった。
サナギから生まれ変わった蝶のように、今まさに新たな世界へ飛び立とうとする知栄子の姿がはっきりと浮かび上がってきた。
その瞬間、マサヨシは確信した。

この人は、心浄術ヒーラーとして選ばれし者だ。
自らの使命として生まれる前から決めていて、その準備はすでに整っている。

マサヨシは微笑みながらゆっくりと目を開けて、純白のワンピースを着た知栄子を見つめた。
成熟したしとやかさをまとい、強い決意を固めた彼女の瞳は力強く輝いていた。

そして、運命の言葉を告げた。

「池田さん。あなたは初めから決めてきていたのですね。今まで多くのクライアントにヒーリングをしてきましたが、あなたは選ばれた人です。このヒーリングに出会うだけでも五十万分の一の確率と言われています。

さらに、あなたは心浄術ヒーラーになれる方です。よかったですね」

「私は心浄術に出会い、『ほんとうの幸せ』を見つけられることができました。先生、本当にありがとうございました」

マサヨシは笑顔で深くうなずいた。

知栄子の瞳からは、もちろん幸せの涙が流れ続けていた……。

そして二年後……。

「お待ちしていました。どうぞ、そちらにお座りください。私、心浄術ヒーラーの池田知栄子です」

※本書は事実にもとづいたフィクションです。

本書は「ほんとうの幸せ」(現代書林 2013年刊)
をもとに加筆、修正したものです。

幸せを見つめられるようになってごらん

発行日	2015年 11月19日　第1版発行
定　価	本体1500円+税
著　者	岡本 マサヨシ
発行人	菊池 学
編　集	木村 馨
編集協力	野崎陽子
スタッフ	田中 智絵　伊藤 宣晃　白岩 俊明　中山 浩之 西室 桂　佐藤 晶　久田 敦子　三澤 豊　長吉 己
発　行	株式会社パブラボ 〒101-0043　東京都千代田区神田富山町 8番地 TEL 03-5298-2280　FAX 03-5298-2285
発　売	株式会社 星雲社 〒112-0012　東京都文京区大塚3-21-10 TEL 03-3947-1021
印刷・製本	中央精版印刷株式会社

ISBN978-4-434-21336-6